Rolf Polander

Wahrscheinliche und
unwahrscheinliche
Geschichten

Rolf Polander

Wahrscheinliche und unwahrscheinliche Geschichten

Shaker Media

Bibliografische Information der Deutschen Nationalbibliothek:
Die Deutsche Nationalbibliothek verzeichnet diese Publikation
in der Deutschen Nationalbibliografie; detaillierte bibliografische
Daten sind im Internet über http//dnb.d-nb.de abrufbar.

Lektorat: Petra Reategui, Köln
Umschlaggestaltung: Roland Poferl Print-Design, Köln.
Printed in Germany
ISBN 978-3-95631-651-7

Shaker Media GmbH · Postfach 10 18 18 · 52018 Aachen
Telefon: 02407/95 96 - 0 · Telefax: 02407/95 96-9
Internet: www.shaker.de · E-Mail: info@shaker.de

Inhalt

Inhalt

Die Geschichte vom Anfang aller Geschichten

Anstatt eines Vorworts

Das Land war ein großer Garten, und darüber wölbte sich ein Himmel, durch dessen Blau still ein paar weiße Wolken segelten. Unhörbar fuhr der Wind durch das Laub der Bäume, träge und ruhig flossen die Ströme dahin, paradiesisch und unbewegt blinkte in der Sonne ein See, in den sich, geräuschlos von Fels zu Fels stürzend, ein Wasserfall ergoß, und reife Früchte fielen von den Bäumen lautlos ins weiche Gras.

Gelassen streiften Tiere durch die Gehölze und Wiesen oder dösten – je nach ihren Vorlieben – in der Sonne oder im Schatten vor sich hin. Die Vögel wetzten ihre Schnäbel stumm an der Baumrinde oder am Schnabel eines Gefährten und gaben, wenn sie durch die stille Luft segelten, nicht einen Piep von sich.

Adam und Eva saßen unter einem Baum, blickten abwechselnd über die weite Gartenlandschaft und einander an. »Wie schön sie ist«, dachte Adam, und sein Blick tastete über Evas Hüften, umkreiste ihre Brüste, zeichnete die Kontur ihres Mundes nach, fuhr die Nase hinauf, strich über ihre Brauen, um dann tief in ihre dunklen Augen einzutauchen. Eva las in Adams Blick, was er dachte, und lächelte, wodurch sie gleich noch schöner aussah, sodass selbst die prächtig-bunt gefleckte Natter, die sich gerade durch das Gras schlängelte, sie mit stummer Bewunderung anblickte.

In der Mitte des Gartens saß ein alter Mann im Schatten des Vordachs einer kleinen Hütte und schaute über die Szenerie. Was er sah, gefiel ihm durchaus, aber irgendwie war er nicht restlos zufrieden damit, irgendetwas fehlte. Er überlegte eine Weile und nahm eine Schriftrolle von einem kleinen Tisch, zog sie auseinander und begann, die Punkte, die er dort aufgeschrieben hatte, noch einmal durchzugehen, sah ab und zu auf und in die Landschaft, wie um sich zu vergewissern, dass alles, was in der Rolle stand, auch wirklich vorhanden war. Nein, er hatte nichts vergessen. Alles war in dem Moment entstanden, in dem er es geschrieben hatte, und jedes hatte nun seinen Platz eingenommen. Und doch … er vermisste etwas. Aber was?

Er strich sich nachdenklich über den langen weißen Bart. Gewiss, der Wind und das Wasser bewegten sich nach vorgegebenen Gesetzen, die Pflanzen und Tiere lebten jede und jedes nach seiner Art, doch trotzdem schien dieser Bewegung und diesem Leben etwas zu fehlen. Vielleicht, so dachte er, braucht die Szenerie noch ein zusätzliches dramatisches Element. Ihm schien, dass er mit diesem Gedanken der Sache auf der Spur war, und er überlegte weiter, wie man in diesen Garten etwas Dramatik bringen könnte.

Gedankenvoll tat er einen tiefen Atemzug, und der dadurch verursachte Luftwirbel lenkte ein Staubkorn, das gerade vorbeiflog – es hatte übrigens die Nummer 35 386 in der Schöpfungsliste auf der Schriftrolle – in sein linkes Nasenloch. Davon musste er niesen, und das klang so laut, dass die Wolken zusammenfuhren und krachend aneinanderstießen – es donnerte. Die Vögel flogen erschrocken auf, kleine Tiere flitzten in ihre Erdlöcher, größere suchten sich im Gebüsch zu verstecken. Einige hoben lauschend den Kopf, andere zogen ihn ängstlich zwischen die Schultern, manche blieben wie erstarrt stehen, andere wieder rannten in wilder Panik erst einmal los, ohne zu wissen, wohin. – Da ging ein Lächeln über das Gesicht des alten Mannes. Ja, das war es, die Welt brauchte Stimmen, das war die Dramatik, die er sich gewünscht hatte, und er tauchte seine Feder in die Tinte und schrieb etwas in seine Liste.

Auch Adam und Eva waren von dem Niesen und dem darauf folgenden Donner erschreckt worden. Sie hatten ihre Blicke voneinander gelöst, sich angstvoll umgesehen, und bald schon konnten sie staunend den ringsum erwachenden Stimmen lauschen. Da lag ein Rauschen, Zirpen und Zwitschern in der Luft, ein Blöken, Meckern und Bellen, ein Fauchen, Grunzen und Zischeln. Von überallher, näher und entfernter, klang es laut und leise durcheinander.

Als Adam jetzt Eva wieder ansah, bewegten sich ihre Lippen, öffneten und schlossen sich in unregelmäßigen Abständen, sodass er immer wieder die Zähne seiner Gefährtin sehen konnte. Fasziniert beobachtete er eine Weile ihren Mund, ehe er merkte, dass während dieser Bewegungen Töne herausströmten, und es verging eine weitere Weile, bis er erkannte, dass diese Töne sich zu Worten formten, die er verstehen konnte.

Eva sprach. Sie sprach über den Knall, den sie als Erste gehört haben wollte, über die Stimmen der Tiere, die sie ohne Ausnahme kommentierte, fand die eine lustig, die nächste melodisch und die dritte furchterregend, meinte auch, dass zum schönen roten Fell des Fuchses sein heiseres Bellen so gar nicht passte, fand das Rauschen des Wasserfalls zu laut, das Säuseln des Winds zu leise und wusste noch manche Stimme in dem Konzert, das die beiden Menschen nun umgab, zu kritisieren und andere wieder zu loben.

Adam hatte auch ein paar Worte ausprobieren wollen, hatte ein paar Mal ein »Ja«, ein »Schön« und auch einmal ein »Aber« eingeworfen, doch Eva hatte ihre Rede nicht unterbrochen, sie zwitscherte mit ihrer glockenhellen Stimme immer weiter. Er schaute wieder auf ihren Mund und bemerkte jetzt zwei Falten, die sich rechts und links vom Mundwinkel gebildet hatten und sich ständig bewegten. Irgendwie, so fand er, hatte sie vorhin, vor dem Knall, schöner ausgesehen.

*

So kamen die Wörter in die Welt, und ich glaube, es ist nicht falsch, wenn ich behaupte, ohne die Wörter hätte der Sündenfall später gar nicht passieren können, denn jedem neuen Wort, das geboren wurde, folgte ein Gegenwort, und indem sie all diese Wörter und Gegenwörter benutzten, lernten die Menschen das Lügen … und natürlich auch das Geschichtenerzählen.

Fahrt ins Blaue

Ralf war sechsunddreißig, hatte einen langweiligen aber gut bezahlten Job bei einer Versicherung und eine Vorliebe für extravagante Autos und junge Mädchen bis Mitte zwanzig, die nach Möglichkeit blond sein mussten. Obwohl er langsam zu alt dafür wurde, verbrachte er seine Wochenenden meist in Diskotheken, tanzte ein bisschen, nahm ein paar Drinks, unterhielt sich etwas, und hin und wieder schleppte er eine der dort herumlungernden Schönheiten, die nur auf solche Gelegenheiten zu warten schienen, zu einer Spritztour ab. Mit den Mädchen ging es dann von einem Lokal zum nächsten, je nach Jahreszeit und Wetter auch hinaus ins Grüne, und manchmal endete so ein Ausflug dann in Ralfs kleiner Wohnung in der Stadt.

Manchmal fuhr er auch allein durch die Landschaft, und auf einer dieser Touren entdeckte er im Schuppen einer ländlichen Tankstelle einen offenen roten Sportwagen älterer Bauart, mit dem auch der langweiligste Kerl noch Aufsehen hätte erregen können. Der Wagen war von keiner Ralf bekannten Marke, sondern schien von einer wahrscheinlich längst nicht mehr existierenden Firma zu stammen, die in kleinen Serien handwerklich gefertigte Spezialmodelle hergestellt hatte. Auf dem Emailschild vorn auf dem Kühler züngelte einem grünen Untier eine gelbrote Flamme aus dem Maul, der Schriftzug darunter wies das Wesen als ›DRAGON‹ aus. Das Auto war ein Zweisitzer mit Speichenrädern, geschwungenen Kotflügeln, einzeln vor dem Kühler montierten Scheinwerfern und einem Reserverad auf der Fahrerseite neben dem Motor. Ralf gefiel der Wagen sofort, und er stellte sich vor, dass es herrlich sein müsste, damit in der Stadt aufzukreuzen, die Bewunderung der Mädchen und den Neid der jungen Männer zu erregen. Noch herrlicher stellte er es sich vor, in dem offenen Wagen über Land zu fahren, ein Mädchen an seiner Seite, dessen langes blondes Haar ihm der Fahrtwind ins Gesicht weht, während er, einen Arm um sie gelegt, das Auto lässig mit der linken Hand steuert.

Er erkundigte sich vorsichtig, ob der Wagen zu verkaufen sei, was der Besitzer der Tankstelle sofort bejahte. Der Preis, den er nannte, schien Ralf nicht übermäßig hoch, und er hätte am liebsten alle Formalitäten sofort erledigt und wäre gleich losgebraust, aber der Mann schien Lust auf ein Schwätzchen zu haben und erzählte weitschweifig eine ziemlich verworrene Geschichte von dem Vorbesitzer des Autos, der, kaum dass er den Wagen gekauft habe, spurlos verschwunden sei. Das Fahrzeug habe man dann ein paar Wochen später verlassen aber völlig intakt oben in den Bergen gefunden.

Ralf war zu ungeduldig, um der Erzählung aufmerksam zu folgen, schaffte es aber schließlich, den Kauf perfekt zu machen und schon am nächsten Wochenende konnte man den roten Sportwagen mit Ralf am Steuer auf der Landstraße sehen, die in die Berge führt. An seiner Seite saß, genau wie er es sich ausgemalt hatte, ein Mädchen mit aufregender Figur, deren langes blondes Haar im Fahrtwind flatterte.

Ralf und seine Begleiterin waren mit lautem Hallo vor dem Lokal in der Stadt von ihrer Clique begrüßt worden, als sie dort vorfuhren, und hatten sich eine Weile in der allgemeinen Bewunderung für den außergewöhnlichen Wagen gesonnt, der mit frisch poliertem Lack, blinkenden verchromten Speichen und Scheinwerfern die Aufmerksamkeit aller auf sich zog. Dann hatten sie eine blaue Auspuffwolke zurückgelassen und waren zu ihrer Tour gestartet.

Der Wagen schnurrte die Steigungen mühelos hinauf, legte sich sportlich in die Kurven, sodass das blonde Mädchen ausreichend Gelegenheit hatte, sich an die Schulter ihres Begleiters zu lehnen, wie es blonde Mädchen in solchen Situationen nun einmal tun. Ralf war wie berauscht vom Fahren, achtete nicht weiter auf die Richtung, folgte immer den aufwärts führenden Straßen, in die der Wagen an den Kreuzungen beinahe wie von selbst einbog.

Irgendwann war die Straße, auf der sie fuhren, so schmal geworden, dass es kaum mehr möglich gewesen wäre, einem entgegenkommenden Fahrzeug auszuweichen. Aber kein anderes Auto schien hier unterwegs zu sein. Nach einer Weile hörte der Asphaltbelag auf, und sie schaukelten noch eine gute Strecke über einen festen grasigen Weg, bis dieser in einer von schroffen Felsen umgebenen ausgedehnten Lichtung endete.

Ralf hielt an und stellte den Motor ab. Das blonde Mädchen mit der aufregenden Figur warf ihm einen Blick zu, der um einiges kühler war, als der mit dem sie unten in der Stadt in das rote Auto eingestiegen war. »Was solln wir denn hier?«, meinte sie. »Hier is doch der Hund begraben! Ich hab gedacht, wir fahren irgendwo hin, wo was los is, und wo man was trinken kann.«

»Wir können ja ein Stück zurückfahren«, meinte Ralf etwas kleinlaut und wollte den Wagen wieder starten, aber der sprang jetzt auch nach mehreren Versuchen nicht mehr an. Ralf stieg aus, öffnete die Haube, hantierte ziemlich planlos am Motor herum, wobei er sich die Finger verbrannte, und machte mit verschmutzten Händen einen weiteren Startversuch, der wie die vorherigen vergeblich blieb.

Das Mädchen mit der aufregenden Figur schnaubte jetzt vor Wut und schaute Ralf, dem man deutlich anmerkte, dass er nicht weiter wusste, verächtlich an. Da hörten beide plötzlich ein Geräusch, das hinter einem der Felsen, die den Platz umgaben, hervorzukommen schien.

»Hörste, da sinn Leute! Vielleicht könn die dir helfen«, sagte das Mädchen, stieg aus dem Auto und bewegte sich in ihren hochhackigen Schuhen auf dem steinigen Boden ungeschickt in die Richtung, aus der das Geräusch kam. Ralf folgte ihr und hatte sie bald eingeholt. Man hörte ein an- und abschwellendes Grollen, das hin und wieder von einem Geräusch wie von einer Gasflamme unterbrochen wurde.

Als die beiden den Felsen, hinter dem sie die Ursache der mysteriösen Laute vermuteten, umrundet hatten, tat sich vor ihnen ein Platz auf, den ebenso wie der, auf dem sie das Auto hatten stehen lassen, Felsen unterschiedlicher

Größe umgaben. Der steinige Boden war mit spärlichem, wie es schien niedergetretenem Gras bedeckt und zeigte eine Reihe verbrannte Flecken, die man für alte Feuerstellen halten konnte. Die Laute, die sie gehört hatten, kamen eindeutig von der gegenüberliegenden Seite des Platzes und zwar aus einem mächtigen Felsentor, das der Eingang zu einer Höhle zu sei schien und aus dem stoßweise Rauchschwaden quollen.

Ralf und seine Begleiterin hatten ihre Schritte verlangsamt. Beiden war diese Höhle nicht ganz geheuer. Ralf dachte, dass sie hier vielleicht auf eine versteckte Produktionsstätte für illegale Waren gestoßen waren. Was das blonde Mädchen dachte, muss unerwähnt bleiben, denn gerade in dem Moment, als beide überlegten, ob es nicht ratsam wäre, umzukehren, wurde durch den dünner werdenden Rauch etwas in der Höhle sichtbar, das entfernt an einen Dinosaurier erinnerte.

Es war nur ein mittelgroßer Drache, der, nachdem sich der Rauch verzogen hatte, aus der Höhle kam. Aber weil es der erste wirkliche und lebendige Drache war, den Ralf jemals zu Gesicht bekommen hatte, erschrak er mächtig, denn das Ungeheuer kam ihm riesig vor. Das blonde Mädchen mit der aufregenden Figur schien erkannt zu haben, dass Ralf nicht der Typ des Drachentöters war. Sie sank also nicht ohnmächtig hin, überließ ihre Rettung nicht dem anwesenden Ritter, wie es sich eigentlich für eine blonde Jungfrau gehört hätte, sondern kickte ihre hochhackigen Schuhe von den Füßen und lief was sie konnte über den Platz zurück.

Ob das regelwidrige Verhalten des Mädchens nun allein daran lag, dass Ralf kein mutiger Ritter, oder auch ein bisschen daran, dass das Mädchen keine Jungfrau und eigentlich auch gar nicht blond war? Auf jeden Fall hatte sie die Szene damit verpatzt! Der Drache war verärgert, reckte seinen Hals und schickte der Laufenden eine vier Meter lange Feuerflamme hinterher, aber er tat es ohne rechte Überzeugung, denn er hatte noch nie Feuer auf fliehende Jungfrauen spucken müssen. Die Flamme brachte dem Mädchen mit der aufregenden Figur ein paar versengte blonde Haare ein und sorgte für eine ganz erstaunliche Steigerung ihrer Geschwindigkeit.

Ralf hatte der Schreck, der ihm beim Anblick des Drachens in die Glieder gefahren war, bewegungsunfähig gemacht. Er blieb in namenloser Angst still stehen und war nicht imstande, sich vom Fleck zu rühren. Das Ungeheuer fixierte ihn jetzt aus seinen kleinen Augen. Den Drachen ekelte es vor diesem Wicht, der offenbar nicht kämpfen wollte und sogar zum Weglaufen zu dumm schien, er hustete einen Schwall Feuer auf die jämmerliche Gestalt herab und verzehrte den so gerösteten Ralf langsam und mit angewidertem Gesichtsausdruck. Dann rülpste er noch eine kleine Rauchwolke in die stille Luft und trottete in seine Höhle zurück.

Als das Mädchen bis zu dem Platz gerannt war, auf dem der rote Sportwagen stand, dachte sie daran, dass sie hier noch viele Kilometer von der nächsten menschlichen Ansiedlung entfernt war, und sie probierte, ob sie den Wagen starten könnte. Der Motor sprang gleich bei der ersten

Drehung des Zündschlüssels, der noch steckte, an, sie wendete auf dem Platz und fuhr den Weg zurück, den sie gekommen waren.

Unterwegs fiel ihr ein, dass es nicht gut wäre, *mit* dem Auto aber *ohne* Ralf in der Stadt anzukommen. Als sie in einem Weiler eine Bushaltestelle entdeckte, stellte sie den Wagen am Straßenrand ab und musste tatsächlich kaum zehn Minuten warten, bis ein Bus kam, der sie in die Stadt zurückbrachte.

Eine Viertelstunde später kreuzte der Besitzer der gegenüberliegenden Tankstelle die Straße, besah sich das zurückgelassene Fahrzeug von allen Seiten, strich ihm über die Kühlerhaube, wie man einem Hund übers Fell streicht, stieg ein und fuhr das Auto in den Schuppen hinter seiner Tankstelle, wo zwischen alten Reifen, Motorblöcken und anderen Ersatzteilen noch ein Platz für den Wagen frei war, ein Platz, in den er so genau hineinpasste, als sei er eben erst dort herausgefahren.

Per Anhalter

Ein Reh, das sein Leben bis jetzt ausschließlich in dem Tierpark verbracht hatte, in dem es geboren war, wollte die Welt kennenlernen. Da das Reh kein eigenes Auto besaß, beschloss es, per Anhalter zu reisen. Es stellte sich an die Straße, die den Tierpark durchquerte, winkelte ein Bein an und wartete darauf, dass ein Auto anhielt.

Viele Wagen, die vorbeikamen, verlangsamten ihr Tempo, die Insassen drückten sich die Nasen an den Scheiben platt – und fuhren vorbei. Andere hielten an, und hinter den Wagenfenstern klickten die Fotoapparate. Wenige stiegen aus und warfen dem Reh ein paar Kekse oder ein Käsebrot hin, aber niemand sprach das Tier an oder kam ihm so nahe, dass es ihm seinen Wunsch hätte mitteilen können.

So stand das Reh schon ein paar Tage und war inzwischen ganz mutlos geworden, als ein kleiner Lieferwagen anhielt, aus dem ein Mann ausstieg, der einen weißen Kittel trug. Der Mann ging auf das Tier zu und sagte zu ihm: »Na, was machst du denn hier? Sieht ja aus, als ob du auf etwas wartest. Willst du nicht ein Stück mitfahren?« Das Reh nickte ernst, ging auf das Auto zu, und der Mann ließ das Tier durch die hintere Tür einsteigen. Kaum war sie hinter ihm zugefallen, nahm das Reh einen eigenartigen Geruch wahr, und als der Wagen schließlich mit einem Ruck anfuhr, wäre es beinahe umgefallen.

Leider konnte das Reh nicht lesen, denn auf der Tür, die sich gerade hinter ihm geschlossen hatte, stand in schwungvollen roten Buchstaben: »Leonhard Fuchs, Wild und Geflügel«.

Das Geld

Der Mann, der die nächtliche Straße entlangging, sah auf den Mond, der zwischen den dunkel aufragenden Häusern sichtbar wurde. Seine Scheibe würde in wenigen Tagen voll werden, aber der Mann würde sie dann nicht mehr sehen. Er hatte seinen Entschluss gefasst, und der war unwiderruflich.

Dieser Entschluss war langsam gereift. Der Gedanke, seinem Leben ein Ende zu setzen, hatte den Mann lange beschäftigt, war von ihm verworfen worden und ihm auch zeitweise ganz aus dem Bewusstsein gerückt, aber er war immer wiedergekehrt. Vor sich selbst begründete der Mann die Selbsttötung mit dem Scheitern seiner Existenz, seines ganzen Lebens. Ein Außenstehender hätte das nicht verstanden, denn der Mann hatte ein zwar bescheidenes, aber sicheres Auskommen und schien ein ruhiges und angenehmes Leben zu führen. Trotzdem wurde er stets vom Bewusstsein seines Scheiterns begleitet. Es war nicht wie das Scheitern an einer konkreten Aufgabe oder in einer Prüfung, kein Scheitern in einer bestimmten Situation, in der er sich falsch verhalten oder als unzureichend erwiesen hätte; die Aufgabe, an der er gescheitert war, war das Leben selbst.

Der Mann besaß nichts von dem, was anderen Menschen das Leben lebenswert erscheinen lässt, er hatte weder Reichtümer noch Familie und Freunde, er erntete keine Anerkennung für irgendein Tun, und es gab kein Gebiet, auf dem er zu seiner eigenen Zufriedenheit etwas geleistet hätte. Nichts von alldem hatte er erreicht, nie war es ihm gelungen, das Wenige, das ihm hier oder dort irgendwann zugefallen war, festzuhalten. Vielmehr hatten sich die kleinen Zurückweisungen der Mitwelt und seine eigenen Versäumnisse, anderen entgegenzukommen, addiert, und jetzt bedeuteten ihm all diese Dinge nichts mehr. Er war vielmehr überzeugt, dass, auch wenn er an all dem Anteil gehabt hätte, das Gefühl der Leere und des Überdrusses in ihm übermächtig geworden wäre, denn was er verloren hatte, war der egoistische Wille zum Glück, der das Leben der meisten Menschen bestimmt und der sein eigentlicher Motor ist.

Zuletzt war ihm nur die Hoffnung geblieben, Hoffnung auf das Eintreten eines alles verändernden Ereignisses, das seinem Leben eine neue Richtung geben könnte, Hoffnung auf etwas, das von außen kommen musste, sodass er außer darauf zu warten, nichts dazu tun konnte – und brauchte.

Als aber auch diese Hoffnung immer schwächer wurde und schließlich versiegte, folgte ihr die Erkenntnis, dass sein Leben unwiderruflich gescheitert war, und mit ihr tauchte der Gedanke auf, diesem gescheiterten Leben ein Ende zu setzen.

Gegen den Gedanken hatte der Mann sich zuerst gewehrt, ja sogar wieder Pläne gemacht, deren Ausführung dann unterblieb, was er als erneuten Beweis dafür nahm, dass er unfähig war, seinem Leben noch eine entscheidende Wendung zu geben. Keines seiner Argumente gegen den Freitod konnte die Erkenntnis seines Scheiterns wegwischen, die Irrationalität seiner Hoffnungen war ihm klar, und so wies ihn alles in die eine Richtung.

Als der Mann schließlich den Entschluss gefasst hatte, sein Leben zu beenden, empfand er Erleichterung und Befreiung, ja, er spürte so etwas wie ein gesteigertes Lebensgefühl. Die Selbsttötung würde ihn aus dem Kreislauf des immer nur Geschehenlassens, des immer nur passiven Erleidens hinausführen; mit diesem Entschluss gehörte er wieder zu denen, die ihr Verhältnis zur Welt handelnd verändern, und er war darin konsequenter als sie alle, denn gab es ein entschiedeneres und gleichzeitig entscheidenderes Handeln, als den eigenen Tod herbeizuführen, gab es eine größere Veränderung als die vom Leben zum Tod?

Die letzten Tage hatte der Mann wie berauscht von seinem Entschluss in einer Stimmung euphorischer Aktivität verbracht. Er hatte sich ein lähmendes Gift besorgt und war nun auf dem Weg zu der Brücke über den großen Strom, die er für sein nächtliches Vorhaben ausgewählt hatte. Kurz vor dem Sprung, so hatte er es geplant, wollte er das Gift nehmen, um – obwohl er ein miserabler Schwimmer war – sicherzugehen, dass die Reflexe seines Körpers nicht um ein Leben kämpfen würden, das der Wille längst aufgegeben hatte.

Die kleinen Seitengassen, die ihn zu seinem Ziel führen sollten, lagen ruhig, und er begegnete keinem Menschen.

Die Geräusche der nahen Hauptstraße, die auch nachts nie ganz unbelebt war, klangen gedämpft und schienen weit entfernt. Vom Bahnhof her hörte er den Pfiff einer Lokomotive und von irgendwoher hörte man den Ton eines Martinshorns, der langsam schwächer wurde.

Plötzlich näherte sich das Motorgeräusch eines Autos aus derselben Richtung, aus der auch der Mann gekommen war. Ein kleiner Lieferwagen preschte mit halsbrecherischer Geschwindigkeit durch die enge und auf einer Seite von einer geschlossenen Reihe parkender Autos gesäumten Straße.

Der Mann war, einem Reflex folgend, in das Dunkel eines Hauseingangs getreten, von wo aus er den Wagen vorbeifahren und etwa zwanzig Meter weiter in einer Einfahrt halten sah. Motor und Beleuchtung wurden abgeschaltet, drei Männer sprangen heraus, öffneten die hintere Tür des Autos und begannen hastig Gepäckstücke in eine große schwarze Limousine umzuladen, die dort offenbar bereitgestanden hatte. Wieder war der Ton einer Sirene zu hören, der diesmal näher kam und immer durchdringender klang. Die Bewegungen der Männer zwischen den beiden Autos wurden hektischer, einer warf die Kofferraumklappe des schwarzen Wagens zu, die Männer sprangen in die Limousine, die losfuhr, noch ehe ihre Türen vollständig geschlossen waren.

Der Mann wagte sich erst aus dem Dunkel des Hauseingangs, als die schwarze Limousine um die nächste Ecke verschwunden war, ging zu dem zurückgelassenen Lieferwagen, besah ihn neugierig und bemerkte eine große schwarze Reisetasche, die halb unter der Stoßstange des Autos und ganz in dessen Schatten stand. Er zog sie hervor, öffnete den Reißverschluss und fand sie bis an den Rand mit Bündeln von Geldscheinen vollgestopft. Hastig zog er den Reißverschluss wieder zu, nahm die Tasche auf und setzte seinen Weg fort.

Seine Gedanken, die zuvor auf jene Schwelle konzentriert waren, die er bald überschreiten und an der er die Logik des Lebens hinter sich lassen wollte, hatten ihre Richtung verändert. Die langsam gewachsene Unausweichlichkeit seines Entschlusses schien durch den Anblick des Geldes aufgehoben. Dahinter reckte sich der lange verleugnete Wunsch nach Anerkennung und Macht, der aus eigener Kraft nicht hatte wachsen können und auf den die bloße Existenz des Geldes in der Tasche jetzt wie ein ideal klimatisiertes Gewächshaus wirkte.

Mit der Tasche in der Hand folgte der Mann zunächst derselben Richtung, in die er bisher gegangen war. Tausend phantastische Möglichkeiten spukten ihm durch den Kopf, doch er war zu aufgewühlt, um jetzt einfach umzukehren und mit der Tasche voll Geld nach Hause zu gehen, wo ihn alles an die Kämpfe erinnern würde, die er dort in den letzten Wochen mit sich selbst ausgetragen hatte.

In einer Seitenstraße sah er das erleuchtete Schild einer Kneipe, und es erschien ihm in dieser Situation wie ein Rettungsanker. Er trat ein, bestellte einen Kaffee und einen Cognac, setzte sich an einen kleinen Tisch nahe der Bar und stellte die Reisetasche neben seinen Stuhl. Das Lokal war verräuchert, etwas heruntergekommen und von

Gestalten bevölkert, die die Nacht hereingespült hatte, und die nicht so aussahen, als würden sie einer bürgerlichen Beschäftigung nachgehen. Aber der Mann achtete nicht auf die Umgebung, trank seinen Kaffee, nippte am Cognac und versuchte, seine Gedanken zu ordnen.

Nachdem er eine Weile so gesessen und schon den zweiten Cognac zur Hälfte getrunken hatte, wurde der Mann ruhiger. Die Möglichkeit, seinen Fund der Polizei zu melden, hatte er sofort verworfen. Er würde das Geld auf jeden Fall erst einmal mit nach Hause nehmen, es dort zählen und die Geschichte dann überschlafen. Morgen könnte er weitersehen, aber er durfte sich auch ein paar Tage Zeit lassen, bevor er sich entschied, wie sein neues Leben als reicher Mann aussehen sollte.

Als er sich jetzt im Raum umsah, bemerkte er, dass zwei Typen in schwarzen Lederjacken zu ihm herübersahen und dabei miteinander tuschelten. Genauso waren die Männer gekleidet gewesen, die in die dunkle Limousine umgestiegen waren. Nun erst nahm er auch das Halbwelthafte seiner Umgebung wahr, und er begann, sich unwohl zu fühlen. Er trank aus, zahlte, nahm die Tasche, verließ das Lokal und strebte mit weit ausholenden Schritten die Straße hinunter.

Plötzlich verstellte ihm, hinter einem Bauzaun hervortretend, eine der schwarzen Lederjacken aus der Kneipe den Weg, und als er zurückwich und sich dabei umwandte, sah er den Kneipenkumpan des ersten aus einem Hauseingang hervortreten. »Die Tasche!«, sagte der, der ihm den Weg verstellte, und streckte die Hand aus. Die Stimme war leise und klang heiser, schloss aber jeden Widerspruch aus. Unwillkürlich packte der Mann die Tasche fester. Er spürte den zweiten Verfolger hinter sich, wusste, dass er nicht rückwärts fliehen konnte, stieß, einem plötzlichen Impuls folgend, seinem Gegenüber die Tasche mit aller Kraft ins Gesicht, sodass der Kerl mit einem unterdrückten Aufschrei zurücktaumelte. Fast gleichzeitig aber empfing er von dem zweiten Ganoven einen mit einem harten Gegenstand geführten Schlag auf den Kopf, und ihm wurde schwarz vor Augen.

*

Gemeinsam schleiften die beiden Nachtvögel den Mann hinter den Bauzaun, wo sie ihn so unglücklich abluden, dass der Körper des Bewusstlosen in die Baugrube fiel und sein Kopf mit knirschendem Laut auf dem Beton des Kellerbodens aufschlug. Die beiden Männer fluchten leise, einer griff sich die Tasche, und beide liefen so schnell sie konnten die Straße hinunter, waren im Nu hinter der nächsten Ecke verschwunden, und das Geräusch ihrer Schritte war schon bald nicht mehr zu hören.

Die Mondscheibe trat gerade jetzt wieder hinter einer Wolke hervor und warf ihr bleiches Licht auf das bleiche Gesicht des Mannes in der Baugrube. Aus seiner Kopfwunde tröpfelte langsam aber stetig Blut auf den Beton, seine starren Augen waren weit aufgerissen, und seine gekrümmten Finger umklammerten noch immer den Reißverschlussanhänger, der an der Tasche mit dem Geld gewesen war.

Die Idee des Lichts

Ein Maulwurf konnte auf eine lange und erfolgreiche Zeit als Tunnelbauer zurückblicken. Er war bei den meisten der großen und spektakulären Tunnelbauprojekte der vergangenen zwei Jahrzehnte dabei gewesen und hatte einige davon sogar persönlich geleitet.

Eines Tages beschloss er, ein Buch über seine Erfahrungen zu schreiben. Er diktierte der Feldmaus, die schon seit einer Reihe von Jahren seine Sekretärin war, was er erlebt hatte, und verknüpfte diese Berichte mit Gedanken, die sein schon immer waches Interesse an allem zeigten, was die Welt außerhalb der Tunnelgewölbe bewegte. Weil er ein umfassend gebildeter Tunnelbauer war und dazu eine schöngeistige Ader hatte, geriet ihm, was er schrieb, gut, und der Text ähnelte, als er schließlich fertig war, durchaus nicht der üblichen Memoirenschreiberei, sondern war ein Werk von gedanklicher Originalität und sprachlichem Glanz geworden, hatte also genau die Eigenschaften, die allgemein als Kennzeichen literarischer Qualität gelten.

Er bot das Manuskript mehreren Verlagen an und tatsächlich war einer von ihnen bereit, eine Auflage zu drucken. Der Maulwurf hatte seinem Buch den Titel »Immer wieder zum Licht« gegeben, schilderte darin alle Phasen der Entstehung berühmter Tunnelbauwerke und verband

seine präzisen Beschreibungen und treffenden Beobachtungen an vielen Stellen mit allgemeinen Betrachtungen,
die, wie ein Rezensent schreiben sollte, »über das Thema
des Buches hinaus, die Wurzeln unserer Existenz berühren«. Die Kritiker lobten das Werk einhellig in den höchs-
ten Tönen und sprachen von einer »neuen Poesie der
Technik«. Besonderen Enthusiasmus lösten die Passagen
aus, in denen der Autor die Augenblicke beschrieb, wenn
die Tunnelbauer, nachdem sie lange Zeit im Dunkel unter
der Erde zugebracht hatten, wieder ans Tageslicht vorstie-
ßen. Diesen Abschnitten wurden poetische Qualitäten zu-
gesprochen, und es gab Stimmen, die anregten, den Autor
für den Literaturnobelpreis vorzuschlagen. Kurz: Das
Buch wurde ein Erfolg und der Maulwurf populär. Er besuchte literarische Zirkel, kam den Signierwünschen seiner Leser nach, indem er ein unleserliches Kürzel auf das
erste Blatt seiner Bücher kritzelte, bekannte Literaturkritiker interviewten ihn und im Fernsehen trat er in Talk-
shows auf.

Eine vorwitzige Krähe, Reporterin eines Boulevard-
blatts, befragte ihn und fand heraus, dass er von Geburt an
blind war – wie übrigens alle seiner Art, aber daran hatte
keiner der Lobredner gedacht. Sie fragte ihn, wie er denn
die von allen so gepriesenen Passagen über das Licht am
Ende des Tunnels habe schreiben können, da er doch dieses Licht, von dem sein Buch so einzigartig eindrucksvoll
erzählte, selbst nie gesehen hatte.

»Ach, wissen Sie«, antwortete er der Reporterin, »ich
habe zwar das Licht noch nie gesehen, aber ich hatte im-

mer die Idee des Lichts in mir. Hätte ich jemals wirkliches Licht gesehen, hätte das diese Idee wahrscheinlich beeinträchtigt, und ich hätte es nicht mehr so beschreiben können, wie ich es tat. Ja, es ist die Idee des Lichts, die ich beschrieben habe.«

Der Artikel, der daraufhin veröffentlicht wurde, trug die reißerische Überschrift »Blinder Malwurf führt literarische Welt hinters Licht« und zeigte ein Foto des Tunnelbauers, auf dem dieser eine dunkle Brille trug und einen Arm vorstreckte, als ob er gerade eine hilflose Geste mache, um sich zu orientieren. In Wirklichkeit konnte der Maulwurf sich überall sicher bewegen und gut zurechtfinden. Die Aufnahme stammte von einem Interview, bei dem er die allzu aufdringlichen Fragen der Journalisten mit ebendieser Geste hatte abwehren wollen; aber das Bild war so beschnitten worden, dass die Meute der Reporter nicht mehr sichtbar und nur er mit ausgestrecktem Arm zu sehen war. Im Text des Artikels machte sich die Krähe über den »blinden Sonnenanbeter«, wie sie den erfolgreichen Autor nannte, lustig und goss beißenden Hohn über die Literaturkritiker aus, die »einem Schwindler aufgesessen waren, den jedes Kind hätte entlarven können«.

Ein Sturm der Entrüstung war entfacht und der ganze Literaturbetrieb in Aufruhr. Man fühlte sich getäuscht und bezichtigte den Maulwurf des Betrugs. Ein paar zaghafte Stimmen aber, die noch jetzt auf die unbestreitbaren Qualitäten seines Buches hinwiesen, verstummten bald.

Nachdem Presse und Kritik den vormals gefeierten Autor mitsamt seinem Werk von dem Sockel gestürzt, den sie ihm zuvor errichtet hatten, wurde es still um den Tunnelbauer. Niemand bat ihn mehr um ein Interview, keiner lud ihn mehr zu den literarischen Zirkeln ein, die sich früher mit seiner Anwesenheit geschmückt hatten, sein Werk verschwand bald aus den Läden, und nach einiger Zeit war sein Name so unbekannt wie zuvor.

Das Buch aber, von dem in der kurzen Spanne seines Ruhmes mehrere Auflagen gedruckt worden waren, füllte jetzt die Regale der Antiquariate und war auf jedem Trödelmarkt zu finden, wo es meist billiger zu haben war als die angeschlagenen Gläser oder die getragenen Pullover, die dort seine Nachbarn waren.

Ausflug

Angelika und Robert arbeiteten im selben Betrieb und kannten sich etwa ein halbes Jahr, als sie ein Paar wurden. Auf der Feier des hundertsten Firmenjubiläms hatten sie sich das erste Mal geküsst, was im allgmeinen Trubel nicht weiter aufgefallen war, und danach verabredeten sie sich häufiger, verbrachten die langen Sommerabende in Biergärten oder fuhren ein Stück aus der Stadt hinaus, um nach einem kleinen Spaziergang in einem Ausflugslokal einzukehren.

Als der Sommer zu Ende ging und man abends nicht mehr so lange in den Straßencafés sitzen konnte, verbrachte Robert bereits häufig den Abend und die Nacht in Angelikas kleiner Wohnung, die in einem jener großstädtischen Mietshäuser lag, in denen man aus jeder der ehemals eine ganze Etage einnehmenden Gründerzeitwohnungen mehrere kleine Appartements gemacht hatte und im Treppenflur ein ständiges Kommen und Gehen herrschte, sodass kaum einer wusste, ob diejenigen, denen er dort begegnete, Hausbewohner waren oder irgend jemandes Besucher.

Ohne dass sie es miteinander abgesprochen hätten, verhielten sie sich von Anfang an so, dass die Kollegen nichts von ihrer Beziehung mitbekamen, sprachen während der Bürostunden mit der gleichen distanzierten Freundlichkeit miteinander wie mit allen anderen, da sie nicht der Gegenstand anzüglicher Bemerkungen sein wollten, und richteten es auch stets so ein, dass sie nie gemeinsam ins Büro kamen oder die Firma zusammen verließen. Selbst als ihre Beziehung schon gefestigt war, setzten sie dies wie ein liebgewordenes Spiel fort, nicht ohne in unbeobachteten Momenten den Kitzel heimlicher Berührungen zu genießen.

An einem Sonntag im Oktober hatten Robert und Angelika sich vorgenommen, einen Tagesausflug zu unternehmen, und obwohl es stark regnete, fuhren sie trotzdem morgens los. Die vergangenen Tage waren noch so schön gewesen, dass beide nicht glauben mochten, dass das klare sonnige Herbstwetter nun vorbei sein sollte. Und tatsächlich hörte der Regen, kaum waren sie an ihrem Zielort angekommen, auf. An den Bäumen und Sträuchern aber hingen jetzt große Tropfen, die in der Herbstsonne, die wieder hervorgekommen war, glitzerten.

Sie wollten zuerst zur Burgruine des Ortes hinaufsteigen und später ein Weinlokal besuchen, fanden den Weg, der bergan führte, frisch mit Schottersteinen aufgeschüttet und gingen los.

Andere Ausflügler waren nicht unterwegs, und die beiden genossen den Duft des nassen Waldes, durch den sie der Weg, an den Kehren von Stufen unterbrochen, im Zickzack den Berg hinaufführte. Oben ging es durch einen leidlich intakten Torbogen in den Hof der einstigen Burg, deren Gebäude bis auf den Turm nur noch Mauerreste waren. Es gab einen mit eisernem Gitter abgedeckten Brunnen, auf dessen Grund tief unten Wasser blinkte. Angelika ließ einen Stein hinunterfallen, und das Geräusch, als dieser auf die Oberfläche traf, ließ, so schien es beiden, lange auf sich warten, klang weit entfernt und hallte dumpf von den Schachtwänden wider, sodass Angelika ein leiser Ausruf entfuhr, bei dem sie nach Robert fasste und sich an ihn drängte. Er küsste sie, und beide gingen Arm in Arm über die teils felsige, teils aus festgetretenem Lehm bestehende und von einigen Grasinseln unterbrochene Hoffläche, betrachteten die Mauern, rätselten über Ausdehnung und ursprünglichen Zweck der ehemaligen Gebäude und schauten von den Stellen, wo die Umfassungsmauer Lücken aufwies, auf den Ort und die dahinter liegende Landschaft.

Nach dem Regen des Vormittags war die Luft jetzt klar und die Sicht gut. Die Geräusche des Städtchens drangen als leises fernes Rauschen zu ihnen herauf, was sie die rundum herrschende Stille noch deutlicher wahrnehmen ließ. Dies sowie die Tatsache, dass sie hier oben ganz allein waren, erzeugten eine eigentümliche Stimmung, sodass beide nur leise miteinander sprachen.

Am Rande des Platzes erhob sich, äußerlich von allem Verfall unberührt, der Bergfried. Angelika und Robert stiegen, nachdem sich ihre Augen an das dämmerige Licht im Innern gewöhnt hatten, eine eiserne Treppe hinauf von der aus sich ihnen von Zeit zu Zeit Ausblicke aus schmalen, schießschartenartigen Öffnungen boten, die Ausschnitte der Landschaft, des Ortes oder des Burghofs in immer wieder neuen Perspektiven zeigten.

Von der Aussichtsplattform aus hatten sie einen herrlichen Rundumblick. Sie sahen das Flüsschen irgendwo zwischen den blauen Bergen blinkend auftauchen, den Ort durchqueren und wieder zwischen Bergen verschwinden. Sie konnten in die Straßen des Städtchens sehen, erkannten die Kirche und einige größere Gebäude, an denen sie vorbeigekommem waren, wieder, und sahen wie die Ausfallstraßen mit den letzten Häusern des Ortes sich in den Tälern verloren. Auf der anderen Seite reihten sich endlose Hügelkuppen aneinander, deren dunkles Grün von gelben und rötlichbraunen Flecken unterbrochen wurde. Direkt zu Füßen der beiden aber lag der Burghof, und die Gebäudereste, zwischen deren Mauern sie eben noch umherspaziert waren, zeigten nun, von oben betrachtet, deutlich ihren Grundriss.

Zu dieser Seite hin war die Plattform nicht durch die dicke Mauer des Turms, sondern durch ein eisernes Geländer abgegrenzt, auf das sich Angelika jetzt mit den Unterarmen stützte, während sie, den Oberkörper vorgebeugt, in den Burghof hinuntersah. Robert war zwei Schritte hinter ihr zurückgeblieben, denn unmittelbar senkrecht hinunterzusehen, hätte ihm ein unangenehmes Gefühl verursacht. Sein Blick richtete sich auf den Horizont, mit dessen Farbe die endlos scheinende Hügellandschaft zu verschmelzen schien; dann sah er auf die vor ihm Stehende, betrachtete den Ansatz ihrer Kurzhaarfrisur, unter dem sich die Nackenwirbel deutlich abzeichneten, und für einen Augenblick konzentrierte sich seine Aufmerksamkeit, so als erblickte er es zum ersten Mal, auf das Verschlusstück von

Angelikas linkem Ohrstecker, dessen Umfeld leicht gerötet war. Er machte einen Schritt auf sie zu, umfasste sie und kippte sie über das Geländer.

Angelika konnte im ersten Schreck nur einen gedämpften Ausruf des Erstaunens von sich geben. Robert, der wieder zurückgetreten war, sah dem stürzenden Körper nicht nach, und er sah auch nicht in den Hof hinunter, nachdem er den Aufprall gehört hatte. Das Geräusch, das ihm unnatürlich laut vorkam, hallte von den den Platz umgebenden Mauern wider, und er musste an den Stein denken, den Angelika vorhin in den Brunnen geworfen hatte.

Nach ein paar Sekunden löste sich seine Erstarrung, und er stieg langsam, mit zitternden Knien die eiserne Treppe wieder hinab. Als er aus dem Turm trat, stand er wenige Meter von Angelikas Körper entfernt. Sie lag, das Gesicht zur Erde gewandt, auf der Seite, und ihre Haltung war beinahe die einer Schlafenden. Nur ihr rechter Arm stach in unnatürlichem Winkel unter dem Körper hervor, und die Hand wies nach oben, als ob sie auf etwas zeigen wollte. Robert sah auf sie wie auf ein verstörendes Bild aus einem Film, das nichts mit der Wirklichkeit und nichts mit ihm zu tun hatte, wandte sich ab, ging durch das Tor und dann langsam den Weg, den er zusammen mit Angelika gekommen war, zum Parkplatz zurück.

Dort setzte er sich in sein Auto und versuchte, seine Gedanken zu ordnen. Er verscheuchte das Bild des leblosen Körpers aus seinem Kopf und überlegte, was er nun tun musste. Die Wahrscheinlichkeit einer Entdeckung schien ihm gering, niemand war ihnen begegnet, niemand wusste von ihrer Beziehung. Man würde die Leiche finden, man würde Fragen stellen, aber man würde von niemandem Antworten bekommen, die auf ihn hinweisen könnten.

Er startete den Motor, verließ den Parkplatz und fuhr langsam durch das Städtchen, in dessen Straßen sich auch jetzt nur vereinzelt Menschen zeigten.

Als er wenig später von der Landstraße wieder auf die Autobahn auffuhr, summte er leise eine Melodie vor sich hin.

Der Katastrophist

Es war Mitte September, und die Bewohner der Stadt hatten während des langen sonnigen Sommers südliche Gewohnheiten angenommen. Die Straßencafés waren noch immer gut besetzt, und es gab Verkaufsstände vor den Geschäften. Man bewegte sich freier und ungezwungener als in den Wintermonaten, und Gespräche zwischen Fremden kamen leichter zustande als sonst.

An einem der Tische, die zwischen Blumenkübeln und zusammengeklappten Sonnenschirmen auf dem Trottoir vor einem Café standen, saß eine junge Frau, eine Angestellte, die nach Büroschluss hierher gekommen war, eine Kleinigkeit gegessen und nun eine Tasse Kaffee vor sich stehen hatte. Sie hielt ein Buch in der Hand, aber sie las nicht darin, sondern schaute auf den vor ihr liegenden Platz, dessen Fläche vom dichten Gewimmel der Menschen bedeckt war, in das hin und wieder eine Straßenbahn mit schrillem Klingeln hineinfuhr, es zerteilte, und das sich, kaum dass die Bahn weiter gefahren war, gleich wieder hinter ihr schloss.

Ein Mann trat an den Tisch, an dem die Frau saß, fragte, ob der zweite Stuhl daran noch frei sei, und als sie bejahend nickte, setzte er sich ihr gegenüber. Die Frau nahm ihr Buch auf, las aber auch jetzt nicht, sondern musterte den Ankömmling, indem sie über die Seiten hinweg zu ihm hinsah. Er war mittelgroß, schlank, trug eine schwarze Hose, die von einem gleichfarbigen geflochtenen Ledergürtel gehalten wurde, sowie ein ebenfalls schwarzes wohlgebügeltes Hemd von, wie sie registrierte, guter Qualität, dessen Ärmel zwei Manschettenbreiten aufgekrempelt waren und die mit dichten dunklen Haaren bedeckten Unterarme des Mannes sehen ließen. In seinem geöffneten Hemdausschnitt steckte als einziger farbiger Akzent seiner Ausstattung ein leuchtendrotes seidenes Tuch. Sein schwarzes Haar war grau meliert, das Gesicht kantig mit markanten Zügen, und die unter starken dunklen Brauen liegenden Augen, deren Blick jetzt über den Platz schweifte, waren von unbestimmbarer Farbe. Der Mann bestellte sich einen Espresso und blätterte in den ausgelegten Zeitungen. Die Frau hatte ihr Buch wieder sinken lassen, die Blickrichtung aber nicht geändert. Er hob den Kopf, lächelte ihr zu, und sie lächelte zurück.

Zwei Häuser weiter hatte ein Jongleur den Gehsteig zu seiner Bühne gemacht, stand in einem Kreis von Zuschauern, warf seine farbigen Bälle immer höher und ließ sie immer schneller kreisen – bis er einen verfehlte, der auf die Straße rollte, wo ein Junge ihn flink aufnahm und zurückbrachte. Vom Straßencafé aus hatten die Frau und ihr Tischnachbar die kleine Szene beobachtet, und er wandte sich der Frau jetzt zu und sagte: »So etwas muss ab und zu passieren, damit die Sache spannend bleibt.« Sie machte eine zustimmende Bemerkung und lachte, während der Mann fortfuhr: »Wissen Sie, all diese Kunststücke interessieren die Leute ja doch nur deshalb, weil sie auch schiefgehen können, sonst wäre so ein Jongleur mit seinen Bällen nicht interessanter als der sich drehende Propeller eines Flugzeugs. Fällt ihm aber ein Ball herunter, ist das ein kleines Missgeschick, und man kann ein bisschen schadenfroh sein.« Der Mann lächelte der Frau komplizenhaft zu und sprach weiter:

»Und Sie dürfen mir glauben, bei den richtig gefährlichen Nummern im Zirkus funktioniert das ganz ähnlich, nur, dass man natürlich nicht schadenfroh sein *darf*, wenn der Akrobat vom Trapez fallen, sich verletzen oder das Genick brechen würde. Oder stellen Sie sich vor, dem Dompteur, der seinen Kopf in den Rachen des Tigers steckt, würde der Kopf mal wirklich abgebissen … Dann traut man sich natürlich nicht mehr, zu zeigen, dass man eigentlich ja schadenfroh ist. Und sehen Sie, genau diese Unentschiedenheit gibt einen zusätzlichen Kitzel: auf der einen Seite der heimliche Wunsch, dass ein Unfall, eine kleine Katastrophe passiert, und gleichzeitig die Angst, dass dieser unausgesprochene Wunsch tatsächlich erfüllt werden könnte. Dann würde sich der Zuschauer nämlich selbst mit Schuldgefühlen bestrafen, weil er ein schreckliches Ereignis quasi herbeigewünscht hat, und er müsste außerdem noch den Anblick von zerschmetterten Gliedmaßen oder von Körpern mit abgebissenen Köpfen ertragen – das schlägt den meisten Menschen auf die Stimmung und einigen auf den Magen. Zu allem Überfluss haben die Leute dann natürlich auch noch Angst um sich selbst, denn so ein Tiger könnte ja beispielsweise irgendwie durch die Absperrung in den Zuschauerraum kommen oder ein Akrobat könnte ausgerechnet über ihren Köpfen abstürzen.«

Der Mann lächelte bei diesen Worten wieder und zeigte eine makellose Reihe weißer Zähne. Die Frau hatte zunächst reflexhaft zurückgelächelt, erschrak aber, als sie sich klarmachte, dass das, was dieser Mensch ihr da in leichtem Plauderton erzählte, doch eigentlich lauter Ungeheuerlichkeiten waren, und machte ein abweisendes Gesicht.

»Sie finden, das Thema ist unpassend für so einen schönen Tag?«, fragte der Mann, nachdem er die Reaktion der Frau bemerkt hatte, »oder degoutant?«, wobei er dem fremde Wort nachschmeckte wie ein Genießer, der einen alten Wein im Munde kreisen lässt, ehe er ihn hinunterschluckt. »Wissen Sie, man kann den Gedanken nicht befehlen, brav zu sein, sie springen, wohin sie wollen.« Er machte zu dem letzten Satz ein Gesicht wie ein bei einem Streich ertappter Schuljunge, der den Unschuldigen spielt. »Und man soll es auch nicht«, setzte er hinzu, wobei seine Miene wieder einen festeren Ausdruck annahm, und sprach weiter: »Ich denke mir, dass Sie das, was ich Ihnen gerade erzählt habe, sehr wohl nachempfinden können, wenn es Ihnen gelingt, Ihre innere Zensur abzuschalten. Sie sind doch gewiss schon einmal im Zirkus gewesen. Als Kind doch ganz bestimmt?«

Die Frau deutete ein Nicken an, und der Mann fuhr fort: »Sehen Sie! Kinder haben sowieso ein viel ursprünglicheres Verhältnis zu dieser Art von Sensationen, sie erleben das alles stärker, es greift sie auch stärker an, und sie empfinden das Lösen der Spannung, die große Erleichterung danach auch intensiver, als Erwachsene das tun. Denken Sie an den Zirkus Ihrer Kindheit und rufen Sie sich den Moment, in dem ein Kunststück gelingt, in Erinnerung. Vielleicht gab es vorher eine kleine Komplikation, die die Spannung erhöhte – vielleicht wurde der Ansatz zu einem Sprung, einem Salto, beim ersten Mal verfehlt, sodass er wiederholt werden musste, vielleicht hat das Raubtier sich widerspenstig gezeigt, den Dompteur angefaucht oder die Pranke gegen ihn erhoben, und erst durch energische, von Peitschenknallen begleitete Kommandos konnte es dazu gebracht werden, sein Kunststück zu machen. Wenn es dann glückt, kann man das vielstimmige erleichterte Raunen aus dem Publikum hören, das Sie bestimmt auch kennen. Der Applaus ist dann um so kräftiger, je größer die Angst und je stärker die heimlichen Wünsche waren, die diese Angst mit heraufbeschworen haben; denn dann sind alle, Artisten und Publikum, wieder einmal haarscharf an einer Katastrophe vorbeigekommen, die sie sich schon deutlich ausgemalt hatten. Zu dieser Illusion ist in einer Zirkusvorstellung allerdings auch nicht allzu viel Fantasie nötig, denn die ganze Dramaturgie der Inszenierung in der Manege zielt ja darauf ab, das Geschehen möglichst nahe an eine Katastrophe heran- und dann haarscharf daran vorbeizuführen.«

Der Blick des Mannes löste sich von dem der Frau, er griff nach seinem Espresso, den der Kellner inzwischen serviert hatte, trank die Tasse mit einem Schluck aus und sah der Frau wieder ins Gesicht. »Etwas mehr Fantasie brauchen Sie, wenn Sie versuchen, sich ohne eine derartige Inszenierung die latenten Katastrophen, die in ganz normalen Alltagssituationen stecken, vorzustellen. Bei einem Beinahe-Unfall ist es noch leicht, sich die Folgen auszumalen. Eine brenzlige Verkehrssituation wird durch richtige und schnelle Reaktionen der Beteiligten – oder durch Zufall, wer will das entscheiden? – entschärft: Bremsen quietschen, ein Auto macht einen Schlenker, kommt zum Stehen – und alles ist noch einmal gut gegangen. Der Passant, der Zeuge einer solchen Begebenheit wird, muss ganz automatisch daran denken, was hätte passieren können, selbst wenn er nicht *alle* möglichen Folgen des Unfalls in Gedankenbilder umsetzt.

Aber auch, wenn Sie Szenen beobachten, die scheinbar noch einem normalen, planmäßigen Verlauf folgen, gibt es in jeder Sekunde tausend Möglichkeiten, aus denen sich eine Katastrophe entwickeln kann. Die Ursache ist vielleicht eine winzige Kleinigkeit, ein irgendwo herausstehender Nagel, die Tatsache, dass ein bestimmter Handgriff um eine Viertelsekunde später oder früher ausgeführt wird, oder irgendetwas anderes, an das niemand denkt. Schauen Sie doch einmal dort zu dem Baugerüst hinüber! Sehen Sie den Arbeiter, der ganz oben am Rand steht? Er müsste nur einen Schritt tun, um auf die Straße zu stürzen. Er würde dann vielleicht noch versuchen, sich am Gestänge des Gerüsts festzuhalten, aber er rudert vergeblich mit den Armen und … fällt. – Vielleicht fällt er direkt herunter, vielleicht schlägt er im Fallen noch ein- oder zweimal gegen das Gerüst, bevor er auf dem Bürgersteig auftrifft. Am Ende wird er – sehen Sie nur, wie belebt es vor dem Haus ist! – im Aufschlagen noch einen oder zwei andere Menschen treffen und verletzen oder sogar töten.«

Die Frau hatte dem Mann mit wachsendem Entsetzen zugehört und gleichzeitig eine Faszination gespürt, von der sie nicht hätte sagen können, ob sie den Gedanken galt, die der Mann entwickelte, ob sie von dem Gegensatz herrührte, in dem das Erzählte zu dem leichten unverfänglichen Ton stand, den der Erzähler angeschlagen hatte, oder ob sie der Wirkung der Persönlichkeit des Mannes zuzuschreiben war. Auf jeden Fall hatte sich die Frau schon eine ganze Weile darüber geärgert, dass sie hier gegen ihren Willen in eine passive Zuhörerrolle hineingeraten war. Das wollte sie jetzt durchbrechen und warf mit vor Streitlust zitternder Stimme ein: »Aber wozu soll es denn gut sein, sich Unglücke auszumalen, die gar nicht passieren?«

»Wozu es gut sein soll? Vielleicht ist es zu nichts *gut*! Aber muss es deshalb gleich *schlecht* sein? Es ist ja nur ein Spiel der Fantasie.« sagte der Mann in gleichmütigem Tonfall und lächelte. »Vielleicht«, fuhr er mit gedehnter Stimme fort, »vielleicht ist es am Ende ja doch zu etwas gut.« Nach einer kleinen Pause des Nachdenkens sprach er weiter: »Sie gewinnen damit sozusagen eine zweite Ebene der Wahrnehmung; Sie lernen in den Situationen und in den Dingen, die Sie umgeben, die Möglichkeiten zu erkennen, die in ihnen stecken.

Ich weiß, das klingt etwas abstrakt, aber ich will versuchen, Ihnen zu erklären, was ich damit meine. Sehen Sie sich einmal um und betrachten Sie den Platz, auf dem wir sitzen. Die Häuser die hier stehen waren vor sechzig Jahren entweder Ruinen, oder es gab sie noch nicht. Schauen Sie sich die alte Fassade dort gegenüber an, stellen Sie sich vor, dass damals aus diesen Fenstern Flammen schlugen und dahinter die Decke des Treppenhauses einstürzte. Balken, die bis dahin vierzig oder fünfzig Jahre lang Wände und Decken getragen hatten, zerbrachen in einer Nacht, und sie konnten nur deshalb zerbrechen, weil diese Möglichkeit von Anfang an in ihnen steckte. In allen Dingen und Wesen liegen auch die Möglichkeiten ihrer Zerstörung verborgen, und wenn man sich hineinversetzt in die Dinge, kann man diese Möglichkeiten ahnen und schließlich auch tatsächlich vor sich sehen, und ich glaube, erst dann erfasst man die Dinge ganz. Wenn ich mir zum Beispiel diese Fassade ansehe und mir vorstelle, wie sie in einer großen Staubwolke zusammenstürzt und mitten auf den Platz fällt, genau hier direkt vor uns, dann kann ich, wenn ich mich darauf konzentriere, jede Einzelheit erkennen. Ich sehe Menschen halb unter Trümmerstücken begraben, sehe Verletzte, die orientierungslos zwischen den Steinbrocken umherirren, sehe das panische Hin- und Herrennen der nicht Getroffenen und sehe, wie sich durch die Straßenschluchten schon ein Feuersturm nähert, der auch sie hinwegfegen wird. – Missverstehen Sie mich nicht, das ist kein Zweites Gesicht, keine Wahrsagerei, das alles muss nicht notwendigerweise so oder ähnlich eintreffen, das sind nur Möglichkeiten, die in den Dingen stecken, und – sehen Sie sich um – es gibt viele Möglichkeiten, ungeheure Möglichkeiten.«

Das Gesicht des Mannes hatte bei seinen letzten Worten einen entrückten Ausdruck angenommen, und seine Stimme war heiser geworden. Die Frau dachte: Er muss verrückt sein, das ist ja nicht normal! Ich sollte ihm nicht weiter zuhören, einfach aufstehen, weggehen und ihn hier sitzen lassen. Aber sie tat nichts dergleichen, sondern sah ihn, der jetzt wieder lächelte und mit normaler Stimmlage fortfuhr, gespannt an.

»Sie müssen sich nicht erschrecken, das ist alles ja nur ein Gedankenspiel, das ich Ihnen hier vorführe. Sehen Sie, andere Leute lesen Thriller, oder sie sehen sich welche im Fernsehen oder im Kino an, ich mache mir meine Thriller eben selbst.«

Damit lächelte der Mann der Frau ein letztes Mal zu, stand auf, um seine Rechnung zu bezahlen, und ging dann langsam über den belebten Platz, während die Frau ihm nachsah. Er trat in dem Augenblick auf die Gleise der sich nähernden Straßenbahn, als deren Glocke laut warnend schrillte, und die Frau schloss für einen Moment erschreckt die Augen. Da sah sie, wie sich der Triebwagen unausweichlich näherte, wie der Mann versuchte wegzulaufen, wie er strauchelte und im nächsten Moment von der Straßenbahn mitgerissen wurde. Sie hatte schreien wollen, aber keinen Ton herausgebracht und sah noch, wie sich, als die Straßenbahn mit knirschenden Bremsen endlich zum Halten gekommen war, im Nu eine Menschentraube um den Wagen bildete, die immer dichter wurde, während der Platz sich gleichzeitig immer mehr leerte.

Als die Frau die Augen wieder öffnete, war die Straßen-
bahn verschwunden, und nur den Mann, der an ihrem
Tisch gesessen hatte, meinte sie auf der anderen Seite des
Platzes noch als schwarze Gestalt, die ihr den Rücken zu-
wendete, vor einem Schaufenster zu sehen. Als sich die
Gestalt umdrehte, um weiterzugehen, leuchtete das rote
Halstuch wie eine Flamme über den Platz zu ihr herüber.

Rosalie Ruessels unvergesslicher Urlaub

Rosalie Ruessel gehörte zu einer Elefantentruppe, die man für einen Nationalpark in Afrika unter Vertrag genommen hatte. Die Tiere verteilten sich normalerweise in kleinen Gruppen auf dem Gelände des Parks und machten es sich dort bequem. Die Bullen lasen in Sportzeitungen, tranken Dosenbier und diskutierten die Fußballergebnisse; die Elefantenkühe blätterten in Modemagazinen, schwatzten und naschten Süßigkeiten, oder sie strickten. Dazwischen tollten die ganz Kleinen umher, während die größeren Kinder ein wenig abseits von den Erwachsenen eigene Grüppchen bildeten, Computerspiele spielten, an Colaflaschen nippten oder nach dem Rhythmus ihrer MP3-Player mit den Füßen stampften und dazu mit ihren Rüsseln zuckten.

Sobald der Landrover einer Fotosafari am Horizont auftauchte, versteckten die Elefanten ihre Lektüre, die Getränke und alle übrigen Zeugnisse ihrer Beschäftigungen im Gebüsch und benahmen sich so, wie Touristen erwarten, dass sich Elefanten benehmen. Sie taten also all die Dinge, die heutzutage kein gesitteter Elefant mehr tut: Sie zertrampelten das Unterholz, knickten junge Bäume um und kauten auf den Zweigen, bewarfen sich mit Sand und wälzten sich in schmutzigen Schlammlöchern.

Hatten die Touristen ihre Bilder geschossen, und war der Landrover schaukelnd in der Savanne verschwunden, säuberten sich die Elefanten, spuckten die Reste der bitteren Zweige aus, spülten wohl auch mit einem Schluck Bier nach und setzten die Tätigkeiten fort, bei denen sie unterbrochen worden waren.

Zur Regenzeit, wenn keine Safaris veranstaltet wurden, hatte die Truppe Urlaub, und die Elefanten fuhren zusammen ans Meer. Dort bevölkerten sie dann den Strand: Die Bullen lasen in ihren Sportzeitungen, tranken Dosenbier und diskutierten die Fußballergebnisse. Die Kühe blätterten in Modemagazinen, schwatzten und naschten Süßigkeiten, oder sie strickten, und die Kinder tollten je nach Alter zwischen den Erwachsenen umher oder bildeten ein wenig abseits von ihnen eigene Grüppchen. Die Elefanten blickten dabei hin und wieder aufs Meer und freuten sich, dass keine Fotosafari sie in ihrer Behaglichkeit störte.

Rosalie Ruessel hatte den Urlaub stets ebenso genossen wie alle anderen, aber mit der Zeit war ihr Verlangen nach einer Abwechslung größer geworden. In dieser Safarisaison hatte sie immer wieder in einem Prospekt geblättert, der zum Urlaub in der Schweiz einlud. Die Fotos, die dort abgebildet waren, hatten ihr gefallen. Die Schweiz schien ein schönes und sauberes Land zu sein. Nirgendwo auf den Bildern waren dürres gelbes Gras, abgeknickte Bäume und staubige Ebenen mit ganz oder halb ausgetrockneten Schlammlöchern zu sehen. Es gab dort im Sommer grüne Wiesen und klare Seen, ständig leuchteten die Gipfel der Berge weiß wie die Spitze des Kilimandscharo, und im Winter bedeckte feiner Pulverschnee die Hänge bis in die Täler hinab. Dann konnte man leicht und elegant mit zwei Brettern an den Füßen die Berghänge hinuntergleiten. Die Straßen waren breit und immer gut gefegt, die Häuser sahen proper aus, und die Gaststuben auf den Fotos atmeten eine Atmosphäre anheimelnder Gemütlichkeit.

Als die Regenzeit sich näherte, erklärte Rosalie zum Erstaunen aller, dass sie nicht mit ans Meer fahren, sondern ihren Urlaub in diesem Jahr in der Schweiz verbringen wolle. Man bestürmte sie, wieder mit an die See zu kommen, sie seien doch all die Jahre zusammen gefahren und hätten es immer so nett miteinander gehabt. Ein paar ganz Kluge wussten zu sagen, dass es in der Schweiz jetzt viel zu kalt sei, um Urlaub zu machen, und einige meinten, dass Rosalie ihnen fehlen würde, und bemühten sich, traurig auszusehen. Sie aber blieb fest bei ihrem einmal gefassten Entschluss, sodass die anderen es schließlich aufgaben, weiter auf sie einzureden.

Am Tag der Abreise fuhr sie zum Flughafen und saß schon bald in der Maschine in die Schweiz. An ihrem Ziel angekommen, waren Rosalies Glieder von dem Mangel an Bewegung und der unbequemen Haltung in den engen Sitzen steif geworden, und sie hatte Kopfschmerzen, doch die kalte klare Luft, die sie empfing, als sie aus dem Flugzeug stieg, tat ihr wohl. Es war schon später Nachmittag, und die Reise hatte sie so ermüdet, dass sie sich nach dem Begrüßungscocktail im Hotel gleich auf ihr Zimmer zurückzog und mit großem Behagen unter das frisch gestärkte Federbett schlüpfte, wobei die Matratze vernehmlich ächzte.

Am nächsten Morgen stand Rosalie früh auf und konnte beobachten, wie die Bergspitzen von der aufgehenden Sonne mit Gold übergossen wurden, bevor sie sich in strahlendem Weiß vor einem makellos blauen Himmel zeigten. Die Straßen waren voller Menschen, die klobige Schuhe, grellfarbige ausgepolsterte Anoraks und Hosen trugen. Viele hatten ein Paar Skier auf den Schultern, und alle bewegten sich zügig und zielbewusst vorwärts. Rosalie besorgte sich eine Ausrüstung und reihte sich mit einem Paar Skier in die Schlange zu einem der Lifte ein. In ihren neuen schweren Schuhen hatte sie bei jedem Schritt das Gefühl, jemand würde ihren Fuß am Boden festhalten. Mit einiger Mühe zwängte sie ihr breites Hinterteil in den Sitz des Lifts, dann schwebte sie langsam aufwärts und blickte hinab auf die Skispuren und die verschneiten Tannen, die unter ihr lagen.

An der Bergstation wollte es Rosalie nicht gelingen, aus dem Sitz des Lifts herauszukommen, das enge Gestänge hielt sie fest, und sie musste wohl oder übel erst einmal wieder nach unten fahren. Als sie dort ankam, war der Besitzer schon informiert worden, hielt den Lift an, und Rosalie versuchte den Sitz mit seiner Hilfe zu verlassen, doch die Versuche blieben ergebnislos. Schließlich boten einige der Umstehenden an zu helfen, aber auch mit vereinten Kräften war die Elefantendame nicht zu befreien. Es mussten sich Teile des Sitzes unter ihrem Gewicht so verbogen haben, dass sie völlig eingeklemmt war.

Rosalie war das Ganze fürchterlich peinlich, und sie hätte vor Scham vergehen können. Mehrere Männer zogen und drückten von verschiedenen Seiten an ihr herum und das vor einer Menge von Schaulustigen, die ständig wuchs. Je länger die Befreiungsversuche dauerten, desto nervöser wurde der Liftwart, der sah, dass die Schlange vor dem Kassenhäuschen immer mehr anwuchs und einige der Wartenden sich schon anschickten, sie zu verlassen. Er fürchtete um seinen Tagesumsatz, und als auch die vereinten Bemühungen der Männer, Rosalie zu befreien, erfolglos blieben, rückte er mit einem Vorschlag heraus, den er sich inzwischen überlegt hatte.

Da im Augenblick nichts zu machen sei, sollte Rosalie den Rest des Nachmittags in ihrem Sitz bleiben und mit dem Lift so oft hinauf- und wieder hinunterfahren, bis am Abend ein Monteur aus dem Nachbarort kommen und sie aus ihrer misslichen Lage befreien würde. Der zartbesaiteten Dickhäuterin war alles recht, was sie jetzt erst einmal schnell den Blicken der Neugierigen entzog – einige von ihnen hatten die Bemühungen der Männer mit anzüglichen Witzen begleitet –, und sie willigte ein. Was hätte sie auch anderes tun sollen?

Der Betreiber des Lifts hüllte sie gut in Decken ein, besorgte ihr ein starkes heißes Getränk, und Rosalie schwebte in ihrem Sessel, der sie wie eine Zange festhielt, wieder den Hang hinauf, versuchte, nicht an die Peinlichkeit ihrer Situation zu denken, und nippte ab und zu an dem Getränk, das der Einheimische Jagertee genannt hatte.

Als Rosalie zum zweiten Mal an die Bergstation kam, verkroch sie sich bis zur Rüsselspitze in ihre Decken und schaute nicht zu den Leuten hin. Ihr Missgeschick hatte sich herumgesprochen und auch hier oben eine Anzahl Schaulustiger angelockt, die die eingeklemmte Elefantendame neugierig musterten.

Als sie aber die Talstation wieder erreichte, wartete dort inzwischen eine ungleich größere Menge Neugieriger. Der Liftwart sprach ihr aufmunternd zu, reichte ihr ein neues Glas Jagertee, das sie dankend in Empfang nahm, und schon schwebte sie wieder bergauf. Rosalie war die Situation inzwischen schon ein wenig vertraut, und sie winkte den Leuten kurz zu, wofür sie spontanen Applaus erhielt.

Auf diese Weise fuhr Rosalie den Berg hinauf und wieder hinunter und wurde bei jeder Ankunft an der Talstation aufgeräumter. Bald winkte sie schon von weitem, bald antwortete sie mit Kusshänden auf die Willkommensrufe der Menge und hielt ihr Glas zur Begrüßung dem Liftwart entgegen, der es gegen ein neues austauschte.

An der Station sah es inzwischen aus wie bei einem Volksfest, es hatten sich Würstchenverkäufer eingefunden, und aus dem gegenüberliegenden Gasthaus versorgte man sich mit Getränken. Es gab Leute, die versuchten, einen Platz im Lift zu ergattern, der es ihnen ermöglichte, eine Fahrt in Rosalies Sichtweite mitzumachen, sodass die Elefantin jetzt von ständigem Zurufen und Winken umgeben war, das sie nicht müde wurde zu erwidern.

Bei alldem trank Rosalie einen Jagertee nach dem anderen, prostete den Leuten zu, die ihr Glas gegen sie erhoben, und sang den Refrain eines Liedes mit, das ein paar Leute angestimmt hatten, obwohl Rosalie weder die Melodie jemals gehört hatte, noch den Text verstand.

Als schließlich der Lift seine letzte Fahrt gemacht hatte, war Rosalie in so euphorischer Stimmung, dass es ihr, die den ganzen Nachmittag im Mittelpunkt des Interesses gestanden hatte, fast leid tat, ihren Ehrenplatz nun verlassen zu müssen. Aber der Monteur wartete schon mit seinem Werkzeug, befreite sie schnell aus ihrem Sessel, und die Menge klatschte Beifall, als Rosalie sich endlich aus ihrem Sitz erhob. Allerdings merkte sie dabei, dass sie sehr unsicher auf den Beinen war, der Jagertee zeigte nun seine Wirkung, und sie musste von zwei kräftigen Männern gestützt werden, als sie mit einer Schar Neugieriger im Schlepptau ihrem Hotel zustrebte.

Unterwegs verkündete sie laut, sie werde noch nicht zu Bett gehen, jetzt beginne der Abend erst richtig, lud ihre Begleiter an die Bar ein und kletterte mit einiger Mühe auf einen der bedenklich grazilen Barhocker. Doch der Kreis ihrer Bewunderer lichtete sich zusehends, einige mochten ihr Maß erreicht haben, andere verließen die Runde, weil die Unterhaltung immer zusammenhangloser und einsilbiger wurde. Bald war Rosalie einem ihrer »Retter« um den Hals gefallen, an dem sie so schwer hing, dass sie den Armen beinahe zu Boden gezogen hätte, dann wieder fing sie ohne erkennbaren Grund an zu weinen, und endlich wurde sie ganz grün um die Rüsselspitze und zog sich mit einer hastigen Entschuldigung auf ihr Zimmer zurück.

Am anderen Morgen fühlte sie sich sterbenskrank und verbrachte den ganzen Tag im abgedunkelten Zimmer unter dem feinen weißen Federbett, das sie sich fest über den schmerzenden Kopf gezogen hatte.

Gleich am Abend von Rosalies Befreiung aus ihrer Zwangslage hatte der Besitzer des Skilifts, der sich von Rosalies Abenteuer eine gewisse Reklamewirkung versprach, einen der Sitze des Lifts erweitern und verstärken lassen, und als Rosalie am dritten Tag nach ihrer Ankunft voller Elan endlich mit dem Wintersport beginnen wollte, konnte sie in diesem speziell für sie umgebauten Sessel den Hang hinaufschweben, löste an der Bergstation selbst den Sicherheitsbügel und hopste ohne fremde Hilfe aus ihrem Sitz, sodass der Boden des Gebäudes zitterte.

Ihre ersten Versuche auf Skiern aber verliefen so kläglich, dass sie sie bald beendete, und das Rodeln gab sie auf, nachdem zwei Schlitten unter ihrem Gewicht zerbrochen waren.

So verbrachte sie den Rest ihres Urlaubs mit langen Spaziergängen durch die weiße Landschaft und kürzeren durch die beiden Geschäftsstraßen des kleinen Ortes. Kontakte knüpfte sie keine mehr, da sie an den sportlichen Aktivitäten, auf die die übrigen Urlauber fixiert schienen, nicht teilnahm, und vom Après-Ski in den Bars hielt sie sich nach ihrer ersten Erfahrung fern. Schließlich sehnte sie das Ende ihrer Schweizer Tage herbei und war froh, als sie wieder in dem Flugzeug saß, das sie nach Hause brachte.

*

Eine so weite Reise hatte bis dahin noch keiner der Elefanten gemacht, und Rosalie sprach mit großer Begeisterung von ihrem Urlaubsland, erzählte von der Schönheit der Landschaft, der Freundlichkeit der Einheimischen, ihren

Sitten und Gebräuchen – nur ihr Abenteuer im Sessellift erwähnte sie mit keinem Wort.

Ihren engsten Freundinnen aber vertraute sie an: »Ach wisst ihr, die Schweiz ist ja ein wunderschönes Land, und die Leute dort sind wirklich alle sehr nett und zuvorkommend, aber das mit dem Skifahren wird doch ziemlich überschätzt. Mag sein, dass die Menschen etwas daran finden, aber für unsereinen ist es nicht das Richtige.« Dann fügte sie mit einem missbilligenden Blick auf die weiße Kappe des Kilimandscharo, die am fernen Horizont glänzte, hinzu: »Und nächstes Jahr fahre ich wieder mit euch ans Meer.«

Unheimliche Geräusche

Letzte Nacht, die Nacht nach meinem Unfall, habe ich seit langer Zeit wieder einmal gut geschlafen, und im ersten Augenblick des Erwachens dachte ich nicht an das, was ich in den vergangenen Wochen erlebt hatte. Der Morgen schien freundlich und der Tag voller neuer Möglichkeiten.

Aber dann hörte ich wieder die bekannten Laute und sofort fiel mir alles ein, was geschehen war und noch immer geschieht, ohne dass ich oder irgendjemand es aufhalten könnte.

Aber obwohl ich die unheimlichen Geräusche jetzt wieder höre, bin ich heute gefasster als seit langem. Ein natürlicher Reflex auf die wochenlange Anspannung oder allmähliche Gewöhnung an das Grauen? – Ich weiß es nicht, aber ich will diese Phase, in der meine Nerven relativ ruhig sind, nutzen, um meine Erlebnisse aufzuschreiben, solange mir das noch möglich ist, denn jeden Augenblick kann eine weitere Beobachtung, die für sich genommen vielleicht nur eine Kleinigkeit betrifft, mir das ganze Ausmaß der Katastrophe wieder vor Augen führen und mich angesichts des Entsetzlichen in einen Zustand zurückwerfen, in dem die Sinne zwar wach, aber der Wille entweder gelähmt ist oder sich in hektischer und zweckloser Betriebsamkeit erschöpft.

Ich glaube nicht mehr, dass ich das Verhängnis, das uns allen droht, aufhalten kann, und ich weiß auch nicht, ob es mir möglich sein wird, andere noch rechtzeitig zu warnen, aber vielleicht werden diese Aufzeichnungen einmal das einzige Dokument darüber sein, was mit den Menschen passiert ist. Vielleicht wird es später noch irgendwo jemanden geben, der diese Blätter lesen und imstande sein wird, zu begreifen, was mit uns in diesen Tagen geschieht. Ich selbst bin weit davon entfernt, diese Dinge wirklich zu durchschauen, ich kann nur alles, was ich beobachtet und erlebt habe, aufschreiben, muss dabei auch ständig darum kämpfen, dass das namenlose Entsetzen, das mich immer wieder überfällt, nicht übermächtig wird und mich nicht hindert, diese Aufzeichnungen zu beenden, bevor alles gesagt ist.

*

Der Tag war heiß gewesen, ich hatte den Abend in einem Biergarten verbracht, und es mochte zwölf, vielleicht auch später gewesen sein, als ich nach Hause gekommen bin. Ehe ich ausgegangen war, hatte ich die Fenster meines Schlafzimmers geöffnet, doch die Luft stand noch immer drückend im Raum, hatte sich kaum abgekühlt, und inzwischen schien es drinnen schwüler als draußen zu sein. Während ich noch, unschlüssig, ob ich mich schon hinlegen sollte, mitten im Zimmer stand, hörte ich zum ersten Mal diese seltsamen Laute, und ich spürte sofort, dass hier etwas Unheimliches am Werk war und dass von diesen Geräuschen eine Bedrohung ausging.

Was ich hörte, war weder laut noch von einer Tonlage, die man physisch als unangenehm empfindet. Es gab kein Auf- oder Abschwellen, keinerlei Modulation, nur ein gleichmäßiges Schaben, Kratzen oder Knuspern, das den Eindruck von etwas Unausweichlichem vermittelte, und ich hatte die Vorstellung von winzigen Wesen, die sich mit kräftigen Kiefern festes Material einverleiben und sich dabei unaufhaltsam, langsam und beharrlich Gran für Gran vorwärts arbeiten.

Ich war in jener Nacht lange in meinem Schlafzimmer herumgegangen, hatte das Ohr bald an die Wände, bald an den Schrank oder das Fenster gelegt, geprüft, ob das Geräusch bei offenem oder bei geschlossenem Fenster besser zu hören war, hatte an Wände und gegen Möbel geklopft, aber sobald der Nachhall des Klopfens in meinen Ohren verklungen war, konnte ich das Geräusch jedes Mal wieder deutlich hören. Schließlich wusste ich nicht mehr, ob das, was ich im Augenblick hörte, wirkliche akustische Wahrnehmung war oder ob meine überreizten Sinne das einmal Gehörte endlos repetierten, und ging zu Bett, wo ich – immer von den unheimlichen Geräuschen verfolgt – mich lange hin- und herwälzte, ehe ich endlich erschöpft einschlief.

Am anderen Morgen stand ich spät und nicht richtig ausgeschlafen auf, zog mich hastig an und verließ eilig das Haus, um rechtzeitig zur Arbeit zu kommen. Im Büro war es hektisch, es gab mehrere dringende Terminarbeiten, und ich hatte wenig Muße, über den gestrigen Abend nachzudenken. Meine Besorgnisse über irgendwelche unbestimmbaren Laute kamen mir inmitten dieser von handfesten Dingen bestimmten Welt des Büros unwirklich vor, und ich war, als ich nach Hause fuhr, fest davon überzeugt, dass ich mir die Geräusche am Abend zuvor nur eingebildet hatte.

Aber kaum hatte ich die Schwelle meiner Wohnung überschritten, waren die Geräusche wieder da. Ich konnte sie nun nicht nur im Schlafzimmer, sondern in der ganzen Wohnung hören, und ich weiß nicht mehr, was ich an jenem Abend alles angestellt habe, um herauszufinden, wo sie herkamen und welche Ursache sie haben mochten – alles ohne Ergebnis.

An den folgenden Tagen war es ähnlich: Ich verbrachte die Hälfte der Nächte wie besessen mit der Jagd nach der Ursache der Geräusche, gab irgendwann erschöpft auf und wurde morgens gerade noch rechtzeitig wach, um, übernächtigt wie ich war, nach kurzer flüchtiger Toilette und ohne Frühstück in den Betrieb zu hasten. Abends erwarteten mich, sobald ich nach Hause kam, schon die Geräusche, und die Tortur begann von neuem.

Am vierten oder fünften Tag nahm ich das Geräusch zum ersten Mal auch außerhalb meiner Wohnung wahr. Es war auf der Heimfahrt von der Arbeit, ich stand in der vollen Straßenbahn und dachte schon mit Angst daran, was mich zu Hause empfangen und dass der Abend wie die vorigen ablaufen würde, als ich plötzlich ganz dicht an meinem Ohr die mir inzwischen nur allzu gut bekannten Laute vernahm. Sie schienen aus der Stange, an der ich mich festhielt, zu kommen. In jähem Entsetzen ließ ich diese los, und weil die Bahn sich gerade in eine Kurve legte, taumelte ich dabei gegen eine Frau, die neben mir stand. Ich murmelte eine Entschuldigung, und während ich plötzlich kalten Schweiß auf der Stirn spürte, suchte ich nach einem anderen Haltegriff. Ich muss dabei ziemlich verstört ausgesehen haben, denn die Frau fragte mich, ob mir etwas fehle.

An diesem Erlebnis beunruhigte mich zunächst die Entdeckung, dass das Geräusch sich weiter ausbreitete; gleichzeitig kamen mir Zweifel an der Richtigkeit meiner eigenen Wahrnehmungen. Die Straßenbahn war voller Menschen gewesen, und offenbar hatte ich allein das Geräusch gehört. Sollte sich das alles nur in meinem Kopf abspielen? Ich war für Augenblicke soweit, zu glauben, dass ich langsam und allmählich wahnsinnig würde. Die beinahe greifbare Realität, die das Geräusch für mich hatte, schien mir das Gegenteil zu beweisen. So real konnte keine Täuschung sein, und ich kam zu der Auffassung, dass ich – aus welcher Ursache auch immer – eine besondere Sensibilität für die Frequenzen dieser verhängnisvollen Geräusche hatte, eine Sensibilität, die sich, wie die Ereignisse der folgenden Wochen zeigen sollten, noch steigern würde.

Ich verlor das Geräusch in diesen ersten Tagen, nachdem ich es erst einige Male gehört hatte, immer wieder leicht aus dem Ohr, aber ich konnte es, wenn ich intensiv darauf lauschte und mich stark konzentrierte, wiederfinden. Es ließ sich dann aus dem Grundrauschen, das wir selbst bei absoluter Stille im Ohr haben, herausfiltern. Ich beschreibe dies heute so, weil ich inzwischen glaube, dass das Geräusch auch damals schon nie wirklich verstummte, sondern ständig da war. Natürlich war es einmal mehr und einmal weniger deutlich – je nach der Entfernung oder Nähe in der ich mich zu seiner Ursache befand. Und trotzdem gelang es mir weder damals noch später jemals, seine Quelle genau zu orten. Es hatte die merkwürdige Eigenschaft, diffuser zu werden, wenn ich mich ihm näherte, und oft erlebte ich, wenn ich ihm lauschend in eine Richtung folgte, dass es plötzlich aus einer ganz anderen zu kommen schien.

Seit jenem Erlebnis in der Straßenbahn verfolgte mich das Geräusch überall hin. Ich hörte es im Freien, auf der Straße und in geschlossenen Räumen – plötzlich während der Arbeit oder beim Einkaufen, war mir nun sicher, dass die Wesen, die es verursachten, inzwischen überall waren, und schloss daraus, dass ihr zerstörerisches Werk ständig weiter fortschritt und vielleicht seiner baldigen Vollendung zustrebte.

Im Laufe der Zeit habe ich eine deutliche Vorstellung von den Schädlingen, wie ich sie nenne, gewonnen. Ich sehe sie als winzige raupenähnliche Wesen mit vier Beinpaaren, die im Verhältnis zum kräftigen, in Ringsegmente geteilten gräulich-weißen Körper klein und schwach scheinen. Etwas dunkler als der übrige Körper und augenlos ist das Kopfsegment. Seine ganze Vorderseite wird von den Mundwerkzeugen eingenommen, deren verschiedene Teile so angeordnet sind, dass man ein Gesicht darin sehen kann, das ein abstoßendes Grinsen zeigt. Die Mundwerkzeuge sind in ständiger Bewegung, und der Ausdruck des Grinsens verändert sich dadurch von Sekunde zu Sekunde, ist aber stets von gleichbleibender Widerwärtigkeit. Ich schreibe, dass ich sie »sehe« und das ist insofern wörtlich zu nehmen, als ich mit der Zeit beim Hören des Geräuschs eine lebendige visuelle Vorstellung der Wesen, die es verursachen, entwickelt habe, ein Bild, das mir nicht über die Netzhaut sondern auf einem anderen Weg vermittelt wird, über einen Sinn, der von denen, die wir gemeinhin zur Wahrnehmung der äußeren Wirklichkeit benutzen, verschieden sein muss. Ich habe von einem solchen Sinn nie vorher gehört und kann nicht sagen, wie er funktioniert, weiß nur, dass es ihn geben muss, dass er mich diese Bilder sehen lässt und auch dass ich diesen Sinn, nachdem ich ihn entdeckt und einmal begonnen habe zu benutzen, immer vollkommener ausbilde, denn das Bild der Schädlinge war, als ich es zum ersten Mal wahrnahm, gröber und weniger detailliert, als es sich mir im Laufe der Zeit zeigte. Es scheint also, dass ich durch eine Laune der Natur dazu verdammt bin, alleiniger Zeuge des unabwendbaren Verhängnisses zu sein, das uns alle bedroht.

Ich konnte, nachdem ich diese Entdeckungen gemacht hatte, kaum noch an etwas anderes denken als an die permanente Tätigkeit der zerstörerischen Wesen und begann Überlegungen darüber anzustellen, welche Materialien wohl von ihnen bevorzugt würden und welche vor ihnen sicher sein mochten. Sooft ich das widerwärtige Freßgeräusch hörte, versuchte ich, es, so gut es ging, zu orten, und legte sogar Listen der Stoffe an, in denen ich es schon gehört zu haben glaubte. Ich musste bald feststellen, dass es kein Material gab, das vor den Schädlingen sicher war, sie waren einfach überall, und ich vermutete, dass ihre Zahl ständig wuchs, denn ich hörte nun die Geräusche immer öfter, ja beinahe ohne Unterbrechung, wie es mir jetzt im Nachhinein scheint. Befremdlich erschien mir damals allerdings, dass die Aktivitäten der unheimlichen Wesen offenbar nirgends Spuren hinterließen. Die sichtbare Welt schien äußerlich noch unversehrt, obwohl sie – da war ich mir sicher – schon weitgehend ausgehöhlt sein musste.

Ich trat damals einen kurzen Urlaub an, den ich schon länger geplant hatte und den ich benutzen wollte, um einen Freund in einer entfernten Stadt zu besuchen. Hatte ich, als ich losfuhr, gehofft, dass ich die Schädlinge dort nicht antreffen würde? Ich weiß es nicht mehr! Tatsächlich war es so, dass ich, unterwegs bei einem kurzen Zwischenstopp in einer ländlichen Gegend, nichts bemerkte, was auf ihre Anwesenheit hingedeutet hätte. Als ich aber, in der fremden Stadt angekommen, aus dem Auto stieg, hörte ich sofort wieder die bekannten Laute.

Den Freund, den ich besuchte, hatte ich seit Jahren nicht gesehen. Er war inzwischen verheiratet, und ich fragte mich, ob sich das alte vertraute Miteinander wieder beleben lassen würde. Er begrüßte mich aufs Herzlichste, zog mich gleich in die Wohnung, stellte mich seiner Frau vor, wir setzten uns zu einem Abendessen, das schon vorbereitet war, tranken Wein dazu und erzählten uns alte Geschichten. Irgendwann hatte uns die Frau meines Freundes allein gelassen, um zu Bett zu gehen, aber wir konnten noch kein Ende finden und leerten eine weitere Flasche.

Nachdem die gemeinsamen Erinnerungen erschöpft waren und wir uns auch unsere derzeitigen Lebensumstände gegenseitig hinreichend beschrieben hatten, begann ich, meinem Freund von der Tätigkeit der Schädlinge, die ich beobachtet hatte, zu erzählen und fragte ihn, ob er nicht ebenfalls Anzeichen ihrer Aktivität bemerkt hätte; beschrieb ihm, da er dies verneinte, ausführlich meine Beobachtungen und auch meine Befürchtungen, soweit wie ich die heraufziehende Katastrophe damals schon ahnte. Die grauenvollste Dimension der Bedrohung sollte sich mir allerdings erst am nächsten Tag zeigen.

Es kam, wie ich es hätte voraussehen müssen. Er konnte oder wollte mir nicht glauben, meinte, das seien Hirngespinste, lachte und sagte, wir sollten lieber beide schlafen gehen, morgen, wenn wir den Wein ausgeschwitzt hätten, würde die Welt auch nicht mehr von eingebildeten Schädlingen durchlöchert sein. Ich beharrte noch eine Weile darauf, ihn zu überzeugen, ließ mich aber schließlich dazu überreden, den Abend zu beenden, und wir gingen zu Bett.

Beim gemeinsamen Frühstück am anderen Morgen war ich in einem Zustand, wie man ihn oft nach reichlichem Alkoholgenuss erlebt. Man hat ein dumpfes Gefühl im Kopf, und alle äußeren Wahrnehmungen brauchen länger als sonst, ehe sie ins Bewusstsein dringen. Dabei erlebt man alles mit größerer Intensität und hat für kurze Zeit die Fähigkeit, über alltägliche Kleinigkeiten und über Dinge, die man schon tausendmal gesehen hat, zu staunen, als erblicke man sie zum ersten Mal. In diesem Zustand merkte ich nicht sofort, dass das Geräusch wieder zu hören war, ja, ich brachte, was ich hörte, zunächst gar nicht mit den Schädlingen in Verbindung, denn etwas daran war hier anders. Es war das gleiche eintönige Freßgeräusch, vom gleichen Bewegungsrhythmus der Mundwerkzeuge verursacht, den ich zur Genüge kannte, aber es klang nicht scharf und schabend wie sonst; es gab Schmatzlaute, als ob der Gegenstand der Zerstörung diesmal eine weiche, breiige Masse war. Ich sah mich im Zimmer um, überlegte, wo sich die Schädlinge jetzt durchfraßen, sah auf den gedeckten Frühstückstisch, sah meinen Freund an, der mir gegenübersaß, bemerkte, wie der Ausdruck seines Blicks immer leerer wurde, und wollte vor Schreck aufschreien, aber die Laute blieben mir im Halse stecken. In diesem Augenblick wusste ich, dass die Schädlinge dabei waren, sein Gehirn aufzufressen. Als nächstes sah ich mit Entsetzen, wie sich im Auge meines Freundes winzige dunkle Punkte bewegten, wie Insekten, die sich in die milchige Glaskugel einer Lampe verirrt hatten.

Mir drehte sich der Magen um, ich sprang vom Tisch auf und stürzte zur Toilette, um mich zu übergeben. Als ich nach einer Weile wieder ins Zimmer kam, saß mein Freund noch immer am Tisch, und es hatte etwas Gespenstisches für mich, wie er, dessen Gehirn von den Parasiten gerade aufgefressen wurde, mich mit leerem Blick ansah und in gutmütig-spöttischem Ton sagte: »Na, war wohl doch eine Flasche zu viel gestern Abend.«

Nichts hätte mir einen größeren Schock versetzen können. Ich hatte die Parasiten in seinem Gehirn gesehen und wäre nicht verwundert gewesen, ihn leblos, den Kopf auf der Tischplatte liegend, zu finden, aber die Wahrheit war schlimmer. Diese Wesen fraßen nicht nur Menschen von innen heraus auf, sie lenkten die leeren Hüllen der Toten dann auch noch wie Marionetten und ließen sie agieren, als ob sie noch lebten.

Ich hatte hier genug erlebt, raffte meine Sachen zusammen und verließ fluchtartig das Haus, ohne auf das zu achten, was mein Freund mir nachrief. Ich wollte nur fort und wurde erst ruhiger, als ich die Stadt hinter mir gelassen hatte und etliche Autobahnkilometer von diesem Ort des Grauens entfernt war.

Instinktiv war ich, so schnell ich konnte, nach Hause gefahren und hatte mich in meiner Wohnung verkrochen. Aber war ich denn hier sicher? Hier, wo ich die unheimlichen Wesen zum ersten Mal gehört hatte, wo ich ihre nie ermüdenden Freßgeräusche noch immer täglich hörte. Konnte ich hier noch sicher sein, jetzt, da ich wusste, dass diese Parasiten auch lebende Menschen nicht verschonten? Ich begann allerlei lächerliche Vorsichtsmaßnahmen zu treffen, vermied es, mich hinzusetzen oder stillzustehen, um den Wesen keine Gelegenheit zu geben, in mich einzudringen. Jeden Bissen, den ich zu mir nahm, prüfte ich zuvor auf verdächtige Geräusche, und wenn ich mich schlafen legte, verstopfte ich, so gut es ging, alle Körperöffnungen und ließ meinen Wecker alle zwei Stunden klingeln, um die getroffenen Maßnahmen zu überprüfen. Durch den Schlafentzug wurden meine Sinne noch empfänglicher für die Geräusche und ich hörte sie nun ständig, mal im Hintergrund, mal in nächster Nähe.

Meine Mitmenschen beobachtete ich jetzt genauer als vor meiner Reise und war bestürzt zu sehen, wie viele von ihnen inzwischen mit dem gleichen leeren Blick in die Welt schauten, den ich zuerst bei meinem Freund gesehen hatte. Sie alle waren also schon von den Parasiten zu bloßen Werkzeugen gemacht worden. Es musste ein unheimlicher Wille, ein Ziel hinter all dem stehen. Niedere Kreaturen, die nur ihrem Instinkt folgen, hätten das Innere ihrer Wirte aufgefressen, die Hülle verlassen und sich ein nächstes Opfer gesucht. Diese Wesen dagegen, so schien es nun, ließen die vitalen biologischen Funktionen ihrer Wirte intakt, schalteten vielleicht nur das Gehirn aus und steuerten den Körper dann nach ihrem Willen. Welche verborgenen Ziele ihre teuflische Intelligenz damit verfolgen mag, konnte und kann ich bis heute nicht erraten.

Nachdem ich erkannt hatte, dass ich ständig von Leuten umgeben war, die als Menschen bereits ausgeschaltet waren, die nur noch als Satelliten der sie steuernden Parasiten existierten, besorgte ich mir einen Mundschutz, wie ihn Chirurgen bei Operationen benutzen, trug ihn immer, wenn ich aus dem Haus ging, und bald ständig. Denn war ich denn in meiner Wohnung sicher? Konnte ich nicht auch dort das Ziel des unstillbaren Zerstörungstriebs der freßgierigen Wesen, die ich überall hörte, werden? Obwohl mein Urlaub abgelaufen war, ging ich nicht mehr zur Arbeit, ich sah keinen Sinn mehr darin und hätte bei meiner jetzigen Lebensweise mit den kurzen nächtlichen Schlafphasen auch kaum genügend Konzentration aufgebracht, um die Forderungen zu erfüllen, die der Arbeitstag im Büro an mich stellte.

Meine Nachbarn begannen hinter meinem Rücken zu tuscheln, wenn ich dick vermummt und mit umgebundenem Mundschutz aus dem Haus ging. Im Supermarkt sahen die Leute mir erstaunt zu, wie ich Packungen, die ich aus den Regalen nahm, ans Ohr hielt und mit gespanntem Ausdruck lauschte, ehe ich sie in meinen Einkaufswagen legte – oder mit heftiger Bewegung ins Regal zurückstellte.

Die Aufforderungen aus meiner Firma, wieder zur Arbeit zu kommen, ließ ich unbeantwortet wie alle Post, die ich im Briefkasten vorfand, denn die Ereignisse, die ich beobachtet hatte, waren in kurzer Zeit so eskaliert, dass ich spürte, dass die Katastrophe unmittelbar bevorstand, und nichts schien mir wichtig genug, meine Aufmerksamkeit von dieser Katastrophe abzuziehen, ja, ich hätte es selbst mit der größten Willensanstrengung gar nicht gekonnt.

Ich wusste, dass auch ich letztlich keine Chance hatte; zwar war mein Widerstand noch nicht gebrochen, aber ich lebte in dauernder Angst, die Parasiten könnten auch mich zu ihrem willenlosen Werkzeug machen, und das ständige Auf-der-Hut-sein mit all den Maßnahmen, die zu beachten ich mir auferlegt hatte, um den Angriffen dieser Wesen immer wieder zu entgehen, hatten mich schließlich so zermürbt, dass ich mit meinen Nerven völlig am Ende war und mich nur noch wie ein gehetztes Stück Wild bewegte, wenn ich aus dem Haus ging.

Dabei passierte es gestern, dass ich, durch das Hupen eines Autos erschreckt, in die falsche Richtung gelaufen und mitten auf eine Kreuzung zwischen die von rechts und links vorbeifahrenden Autos geraten bin, dann bei dem panischen Versuch, von dort wegzukommen, vor einen Wagen lief, der mit knapper Not bremste, wobei ich, mehr aus Schreck, als weil er mich berührt hätte, auf die Straße stürzte, während ein nachfolgender Wagen mit lautem Krachen auf den ersten auffuhr. Eine vage Erinnerung sagt mir, dass mich dann irgendwer untergefasst und mir geholfen hat, meine Wohnung zu erreichen, wo ich mich hingelegt habe (oder hingelegt worden bin?) und gleich eingeschlafen sein musste. Als ich heute morgen erwachte, war ich ausgeruht wie schon lange nicht mehr und habe mit den Aufzeichnungen begonnen, die ich an dieser Stelle vorläufig beende. Das Wichtigste, scheint mir, ist gesagt, und ob ich von weiteren Entwicklungen noch werde berichten können, weiß ich nicht.

*

Mein kleiner Unfall, mit dem ich diese Seiten vor etlichen Tagen geschlossen habe, hat inzwischen ein Nachspiel gehabt. Nachdem ich von der Versicherung des Wagens, der mich beinahe angefahren hätte, ein Schreiben bekommen hatte, das ich wie alle Post ungelesen fortwarf, kam heute ein Mensch von dieser Versicherung persönlich vorbei. Ich sah sofort an seinem leeren Blick, dass er zu den von den Parasiten gesteuerten Wesen gehörte. Er wollte den Unfallhergang noch einmal ganz genau wissen und ver-

suchte, mich mit seinen Fragen in die Enge zu treiben, wobei seine Augen ständig umherwanderten, als wolle er jede
Kleinigkeit registrieren, um sie eventuell gegen mich zu
verwenden. Ob ich an jenem Tag Alkohol getrunken hätte,
ob ich öfter an solchen »nervösen Zuständen« leide, und
was dergleichen Fragen mehr waren.

Ich gab nur kurze, einsilbige Antworten, die er wegen
meines Mundschutzes nicht immer gleich verstand, aber
ich dachte nicht daran, den abzulegen, wenn ich mit jemandem sprach, in dem die verhassten Parasiten saßen,
und forderte ihn bald energisch und unmissverständlich
auf, seinen Besuch zu beenden, sagte ihm dabei auf den
Kopf zu, dass ich genau wüsste, wer da zu mir spräche,
dass sein eigenes Gehirn ja längst aufgefressen sei und ich
nicht daran dächte, mir von den Parasiten, die ihn steuerten, irgendetwas sagen zu lassen, nur weil sie bald die ganze Welt in ihren Händen hätten. Daraufhin meinte er er-
regt, ich sei wohl nicht normal und gehöre in eine geschlossene Anstalt, aber ich ging auf seine Beleidigungen
nicht ein, sondern forderte ihn weiter nachdrücklich auf,
meine Wohnung zu verlassen. Zuletzt schlug er noch einmal einen wohlwollenden Ton an und meinte, bevor er sich
schließlich endgültig umwandte, er würde mir einen Arzt
schicken, der mir bestimmt helfen könne.

Ich will nur hoffen, dass es nicht dazu kommt, denn ich
habe die Drohung durchaus verstanden und weiß genau,
was sie bedeutet. Jetzt bereue ich, dass ich mich nicht di-
plomatischer verhalten habe. Nun wissen die Parasiten,
dass ich ihr Tun beobachte und ihre Machenschaften

durchschaue, und sie werden nichts unversucht lassen, mich auszuschalten. Sie werden – mit allem Anschein des Rechts – ihre ferngelenkten Häscher ausschicken, die sich, wenn sie mich schließlich in die Hände bekommen und infizieren, auch noch dahinter verstecken können, dass sie nur tun, was in aller Augen das Beste für mich ist, denn allein dadurch, dass ich mich gegen die zerstörerische Bedrohung, die von diesen Wesen ausgeht, wehre, bin ich als verhaltensauffällig abgestempelt.

Aber ich *will* mich bis zum Schluss wehren, ich will kein leichtes Opfer sein, auch wenn meine letzte selbstbestimmte Handlung sein sollte, dass ich mich mit Gewalt widersetze und Aufsehen errege. Vielleicht wird dadurch einer von denen, die noch nicht infiziert sind, aufmerksam, nimmt den Kampf, dem ich erliege, auf und führt ihn weiter.

*

Das bis hier Geschilderte sind die Aufzeichnungen eines Insassen der psychiatrischen Abteilung des Landeskrankenhauses in X., der dort zwei Monate nach seiner von Amts wegen angeordneten zwangsweisen Einlieferung starb. Der Arzt, der ihn behandelte, hatte die Absicht, diese Aufzeichnungen in einer wissenschaftlichen Fachzeitschrift als Beilage zu einem Artikel zu veröffentlichen, in dem er die Verhaltensauffälligkeiten des Patienten beschrieb sowie seine eigenen ausführlichen Gespräche mit ihm dokumentierte.

Der Psychiater sah von einer Veröffentlichung ab, nachdem in der X. benachbarten Provinzhauptstadt Z., in der

der Patient vor seiner Einlieferung gelebt hatte, am hell-
lichten Tag eine ganze Häuserzeile wie ein Kartenhaus in
sich zusammengestürzt war und eine Anzahl von Menschen unter sich begraben hatte, ohne dass man die Ursache des Unglücks ermitteln konnte. Er fügte dem schon
für den Druck eingerichteten Manuskript eine Nach-
schrift an, in der er seine Ansicht über die Art der geistigen
Störung des Patienten bekräftigte, gleichzeitig aber dar-
legte, dass er das Erscheinen seiner Arbeit nicht für ange-
zeigt halte, solange die Ursache der Katastrophe in Z.
nicht geklärt sei. Die Veröffentlichung der Aufzeichnungen
des Patienten, die er selbst in keinerlei Zusammenhang mit
dem Unglück in Z. sieht, könne gleichwohl Spekulationen
auslösen, denen er keinen Vorschub leisten wolle.

Der indiskrete Heinrich

Guten Tag, ich heiße Heinrich. Er hat gesagt, ich soll mich Ihnen erst einmal vorstellen, und er hat auch noch gesagt, dass ich Ihnen ein bisschen von mir erzählen soll, damit Sie mich näher kennenlernen können. Er möchte nämlich, dass Sie neugierig werden, mit mir kommen und dann bei allem dabei sind, was ich erleben werde.

Also gerade bin ich aus dem Haus gekommen, in dem ich wohne, und will jetzt in eine Kneipe gehen, die ein paar Straßen weiter liegt.

Was soll ich Ihnen nun über mich erzählen? Alter, Familienstand, Beruf? Also ich bin Ende dreißig, alleinstehend und bei einer Versicherung angestellt; nichts Besonderes, nur ein kleines Rädchen im Getriebe. – Wie ich aussehe, möchten Sie noch wissen? Nicht dick und nicht dünn, normale Figur, mittelgroß und mittelblond, Brillenträger; mit einem Wort: rundum mediokker. – Enttäuscht? Ehrlich gesagt, ich auch! Dabei denke ich, dass er das absichtlich gemacht hat. Er legt einen absolut durchschnittlich an, damit dann, wenn etwas Außergewöhnliches geschieht, der Kontrast umso größer ist.

Wer er eigentlich ist, möchten Sie wissen? Na, der Autor natürlich; und ich bin sozusagen eine Idee von ihm. – Nein, bleiben Sie doch hier! – Was soll das heißen, Sie unterhalten sich nicht mit ausgedachten Figuren? Sie haben ganz falsche Vorstellungen. Es ist durchaus nicht alles aus zweiter Hand, was ich Ihnen erzähle; ein gewisses Eigenleben haben wir nämlich doch; und Sie dürfen auch nicht glauben, dass ich noch nichts erlebt hätte. Ich habe lange in halbfertigem Zustand bei IHM im Kopf zugebracht; das Gefühl, das man dabei hat, ist ganz eigentümlich und lässt sich kaum beschreiben. Man darf noch nichts machen, ist aber schon da und bekommt natürlich eine ganze Menge mit. Viele Leute würden einem Autor gerne einmal in den Kopf schauen; ich kann ihnen erzählen, wie es dort aussieht: absolut chaotisch.

Allein, wenn ich darüber nachdenke, von welcher Gesellschaft man dort umgeben ist. Bitte, man soll ja nicht schlecht über Kollegen sprechen – aber, die meisten … unter uns gesagt: Pack! Entweder es sind Verbrecher, oder sie sind nicht ganz richtig im Kopf. Kaum, dass einmal ein normaler Charakter darunter ist, mit dem man sich vernünftig unterhalten kann. Dabei ist es ja kein Wunder, dass viele von uns einen Knacks haben. Es gibt Kollegen, die ER monatelang in einer halbfertigen Geschichte stecken lässt, und um manche kümmert ER sich nie wieder. Andere müssen immer wieder dieselbe Szene erleben und kommen nicht darüber hinaus, weil ER selbst nicht weiß, wie ihre Geschichte weitergehen soll. Und nicht allein, dass ER uns weiterentwickelt, aufs Abstellgleis schiebt oder ganz fallen lässt, wie es IHM gerade passt, ER ist auch sonst ziemlich rücksichtslos, ja sogar sadistisch. Oft hetzt ER uns gegeneinander auf und hat auf diese Weise sogar schon einige von uns kaltblütig umgebracht.

Bis zu der Kneipe, in die ich Sie führen soll, wird es noch ein gutes Stück sein, und wir können uns, bis wir dort sind, noch ein bisschen unterhalten. Sie haben bestimmt schon gemerkt, dass ich es keineswegs eilig habe, dorthin zu kommen. Ich habe ja keine Ahnung, was ER sich dort für mich ausgedacht hat, und ich habe, ehrlich gesagt, ein bisschen Angst. ER kann sich nämlich ziemlich gemeine Sachen ausdenken, wissen Sie. Außerdem habe ich noch keine Ahnung, wo genau diese Kneipe sein soll, ich hätte längst genauere Anweisungen bekommen müssen, aber ich fürchte, ER hat mich mal wieder vergessen, ist jetzt mit irgendeiner anderen Geschichte beschäftigt und lässt mich einfach hier mit Ihnen auf der Straße stehen. Peinlich sollte IHM das sein, seine Leser so zu behandeln! Aber glauben Sie bloß nicht, dass IHM irgendetwas peinlich wäre, durch und durch rücksichtslos, wie ER nun einmal ist.

Mir kann es im Grunde recht sein, wenn ER mich vergessen hat, denn ich mag eigentlich gar keine Kneipen, und aus Bier mache ich mir auch nichts. Ich glaube, ER schickt einen nur deshalb immer in Kneipen, weil ER selber gern einen trinkt. Unsereiner kann dann in einem verräucherten Raum an der Theke stehen, bis ihm die Beine wehtun, und muss warten, dass die Geschichte weitergeht. Oder man läuft, so wie ich jetzt zum Beispiel mit Ihnen, die Straße entlang und entlang und rein gar nichts passiert, weil ER mal wieder nicht aufpasst oder sich mit etwas ganz anderem beschäftigt.

Sie ahnen gar nicht, wie satt ich das alles habe, und ich habe wirklich keine Lust, mich länger so behandeln zu las-

sen. Ich werde mir jetzt ein schönes gepflegtes Café suchen, mich dort in einer gemütlichen Nische an einen
Tisch setzen, einen Cappuccino bestellen, Papier und Stift
herausnehmen, und dann, haha, dann werde ICH über IHN
schreiben!

Sie glauben nicht, dass ich das kann? Oh, ich habe mir,
was das Handwerkliche betrifft, einiges von IHM abge-
guckt; dazu hatte ich nun wirklich ausreichend Gelegenheit. Außerdem beobachte ich IHN schon eine ganze Weile,
und ich denke, dass ich IHN inzwischen ziemlich genau
kenne. Sie würden staunen, was ich Ihnen alles über IHN
erzählen kann. Ob Sie es glauben oder nicht, aber erst neulich hat ER doch beispielsweise …

Halt, nicht! Was soll das? Du kannst mich doch nicht
einfach in den Papierko… Neeiin!

Das Verschwinden des Karl B.

In der Tüte mit Nüssen, die Karl B. sich gekauft hatte, um sie beim Fernsehen zu knabbern, war eine harte, stachelbewehrte ovale Kapsel gewesen. Sie war größer als eine Walnuss, und Karl B. hatte eine Frucht dieser Art noch nie gesehen. Er versuchte, die Kapsel zu öffnen, aber sie war so hart, dass er einen Nussknacker zu Hilfe nehmen musste. Als die Schale endlich zerbarst, sprangen eine Anzahl von flachen Kernen heraus, die denen eines Kürbis ähnelten. Karl B. probierte einen davon, indem er zunächst vorsichtig die Spitze abbiss, fand ihn wohlschmeckend, knabberte einen zweiten und einen dritten, bis er schließlich die hohle Hand, in der er die restlichen Kerne gesammelt hatte, ganz in seinen Mund leerte. Karl B. verschluckte sich, musste husten und spülte, was er noch im Mund hatte, mit einem Schluck Bier hinunter.

Während des Spielfilms nickte Karl B. dann ein, erwachte erst zu den Spätnachrichten und fühlte sich wie gerädert. Es passierte ihm selten, dass er beim Fernsehen einschlief, und es mochte darauf zurückzuführen sein, dass es in der letzten Zeit in der Firma, in der er arbeitete, sehr hektisch gewesen war, dass er zum Beispiel in der vergangenen Woche jeden Abend noch lange über den Feierabend hinaus geblieben war, um unerledigte Vorgänge aufzuarbeiten.

Aber ab morgen hatte er Urlaub, und Karl B. nahm sich vor, zunächst einmal gründlich auszuschlafen. Er beabsichtigte nicht wegzufahren, er freute sich darauf, die Orte, die ihm sonst nur Staffage seiner Arbeitstage waren, in den kommenden drei Wochen einmal mit den Augen eines Müßiggängers zu sehen. Er wollte die Stadt und ihre Umgebung neu für sich entdecken, einiges unternehmen, ein paar Dinge erledigen, zu denen er sonst nicht kam, und auch den einen oder anderen Tag geruhsam allein zu Hause verbringen, denn er mochte sich nicht mit selbst gesetzten Terminen unter Druck setzen, sondern wollte ganz seinem eigenen Rhythmus folgen.

Am anderen Tag schlief er bis Mittag, duschte, aß etwas und machte ein paar Einkäufe. Als er danach wieder nach Hause kam, fühlte er sich so erschöpft, dass er sich erst einmal hinsetzen musste, und verdämmerte den Rest des Nachmittags in seinem Fernsehsessel.

Auch an den folgenden Tagen konnte sich Karl B. nicht aufraffen, etwas von den Dingen, die er sich vorgenommen hatte, in Angriff zu nehmen. Er war unzufrieden mit sich, und eine allgemeine Antriebsarmut, die von Tag zu Tag stärker wurde, schien ihn ergriffen zu haben.

Einmal setzte er sich, als er mit vollen Einkaufstüten auf dem Weg nach Hause war, in einer Grünanlage auf eine Bank, um ein wenig zu verschnaufen, und blieb dort, ohne es recht zu merken, beinahe zwei Stunden sitzen. Als er ein andermal nachmittags eine Verabredung hatte, band er eine Krawatte um, zog sein Jackett an, setzte sich aber, als er schon im Begriff war, seine Wohnung zu verlassen, noch einmal, wie er meinte kurz, auf einen Stuhl, blieb dort sitzen, hing irgendwelchen Gedanken nach, über denen er alles vergaß, und saß noch dort, als es längst dunkel geworden war.

Karl B. konnte sich nicht erklären, warum er sich nun ständig erschöpft und lustlos fühlte. Es beunruhigte ihn, und er mochte nicht glauben, dass sich bei ihm auf diese Weise – er war erst Mitte vierzig – schon das Alter ankündigte. Er fühlte unbestimmte körperliche Beschwerden – oder bildete er sich welche ein? Er meinte einen Druck im Bauch zu spüren, hatte aber guten Appetit; trotzdem fiel er jetzt häufig in anhaltende Zustände von körperlicher Erschöpfung. Er dachte daran, einen Arzt aufzusuchen, wusste aber nicht, wie er diesem erklären sollte, was ihm fehlte. Es war nichts eigentlich Greifbares und wohl auch letztlich keine richtige Krankheit. Er würde sich wie ein Simulant vorkommen, wenn er einen Arzt mit diesen Unpässlichkeiten behelligte. Er sagte sich, dass er sich nur etwas zusammennehmen und den Zuständen der Schlaffheit, die er jetzt erlebte, seinen festen Willen, diese Schlaffheit zu überwinden, entgegenstellen musste.

Sein Wille aber schien von der gleichen Erschöpfung erfasst wie sein Körper. Karl B. wurde von Tag zu Tag bequemer. In seiner kleinen Küche stapelte sich schmutziges Geschirr, die Wäsche, die er im Badezimmer getrocknet hatte, legte er nicht mehr zusammen und verstaute sie im Schrank, sondern warf alles auf einen Sessel neben seinem Bett, den er jeden Morgen durchwühlte, um frische Unterwäsche und zwei Socken zu finden, die zusammenpassten. Er wurde unempfindlich gegen die Unordnung, die sich in seiner Wohnung ausbreitete, begann auch bald sein Äußeres zu vernachlässigen und verbrachte die Tage in oblomowscher Gleichgültigkeit, verließ das Haus immer seltener und bald nur noch, um das Nötigste einzukaufen.

Eines Tages entdeckte er morgens im Bad eine Ausstülpung von etwa anderthalb Zentimetern, die aus seinem Nabel wuchs. Karl B. erschrak und überlegte, ob das Gebilde gestern schon da war, aber er konnte sich nicht erinnern, denn er war inzwischen so nachlässig geworden, dass er nicht mehr täglich duschte und sich auch kaum noch im Spiegel betrachtete. Karl B. nahm sich ernsthaft vor, zu einem Arzt zu gehen, unternahm aber an diesem Tag erst einmal nichts und beruhigte sich am Abend damit, dass er das Phänomen zunächst eine Zeit lang beobachten wollte, um zu sehen, ob und wie es sich eventuell veränderte. Aber am nächsten Tag war von dieser Absicht nichts mehr übriggeblieben. Karl B. hatte sein Erschrecken über das ungewöhnliche Gebilde, das sein Körper hervorgebracht hatte, vergessen und dachte nicht mehr daran. Als ihm nach einigen Tagen dieser Auswuchs durch Zufall beim morgendlichen Anziehen wieder auffiel, kam der ihm schon wie etwas Normales und Selbstverständliches vor, obwohl er inzwischen deutlich gewachsen war und ihm nun schon bis zum Brustbeinansatz reichte.

Karl B. wurde täglich träger, und der kleinste Ortswechsel fiel ihm inzwischen schwer. Sogar zum Kauen war er bald zu faul und nahm nur noch Nahrung zu sich, die entweder breiförmig oder flüssig war. Unter den Fingernägeln wuchsen ihm Härchen, die sich auf geheimnisvolle Weise mit der Tischdecke oder dem Bezug des Sessels verfilzten, wenn er die Hand eine Weile darauf ruhen ließ; um sie zu heben, musste er sie dann gewaltsam losreißen, was schmerzhaft war. Seine Zehennägel waren ihm eines Tages durch die Pantoffeln gewachsen, die er zu Hause trug, sodass er diese nicht mehr ausziehen konnte und sie beim Schlafen ebenso anbehielt wie bei den sporadischen Besorgungsgängen, die er noch machte. Bald musste er feststellen, dass die Nägel an seinen Füßen und Händen sich verzweigten, dass sich jeder Nagel spaltete und in verschiedene Richtungen weiterwuchs.

In den ersten Tagen seines Urlaubs hatte sich Karl B. über seine Antriebsarmut und Entschlusslosigkeit geärgert, und als er die ersten körperlichen Veränderungen an sich bemerkt hatte, war er beunruhigt gewesen. Aber diese Regungen waren bald flacher geworden. Sein Denken hatte sich verändert. Es bewegte sich in seinem Kopf wie in lang ausholenden Wellen, die, wenn sie den Strand erreichen, ihre Kraft verloren haben, ihn nur noch leise umspülen und nichts bewegen. Wie ein Erinnern an Verlorenes blitzte in Karl B.s Gehirn manchmal für einen kurzen Augenblick die Erkenntnis auf, dass er immer lethargischer wurde, aber die Gedanken, die sich dagegen aufbäumen wollten, hatten nicht mehr die Kraft, diese Lethargie zu durchbrechen.

So konnte es passieren, dass Karl B. hungrig an seinem Tisch vor einem Teller Suppe saß, aber die Energie nicht aufbringen konnte, nach dem Löffel zu greifen, ihn zu füllen und zum Mund zu führen, sondern stattdessen, eine Hand auf den Tisch gelegt, vor sich hin stierte. Nach einer Weile war das Hungergefühl schwächer geworden, und ein angenehmes Gefühl der Sättigung hatte dessen Platz eingenommen. Als Karl B. kurz aufsah, bemerkte er, dass seine Finger auf dem Tellerrand lagen und die Härchen, die unter seinen Nägeln hervorwuchsen, sich in den Teller gesenkt hatten, der bereits halbleer war.

Schließlich saß Karl B. die meiste Zeit des Tages in seinem Sessel und dämmerte vor sich hin. Jede Bewegung kostete ihn große Anstrengung und lief so langsam ab, dass ein Beobachter sie kaum wahrgenommen hätte. Karl B.s Gedanken und Gefühle hatten keine Ähnlichkeiten mehr mit denen anderer Menschen; Außenwelt drang kaum in sein Bewusstsein. Das Sonnenlicht, das durch die Fenster fiel, empfand er als angenehm und wandte sich ihm zu, aber die Gegenstände im Zimmer nahm er nicht wahr, und nach der Gesellschaft anderer Menschen hatte er kein Verlangen mehr. Er horchte in sich hinein, spürte das Rauschen seines Blutes und das Steigen seiner Körpersäfte, verschmolz mit dem unendlich langsamen vegetativen Rhythmus, der ihn durchflutete. Karl B. hörte auf, ein Mensch zu sein.

*

Er wurde von niemandem mehr gesehen und zunächst auch von niemandem wirklich vermisst. Seine Firma hatte ihm gekündigt, als er nach Ablauf seines Urlaubs nicht mehr zur Arbeit erschienen war und auch alle Aufforderungen sich zu melden, unbeantwortet gelassen hatte. Seine Miete wurde, nachdem die Gehaltszahlungen ausgeblieben waren, immer noch von seinem Konto abgebucht, zunächst durch ein kleines Guthaben, dann durch den Dispositionskredit gedeckt.

Monate später, als seine Nachbarn merkten, dass Karl B.s Briefkasten schon lange nicht mehr geleert worden war, fiel auch auf, dass keiner von ihnen den Hausgenossen in der letzten Zeit gesehen hatte, und man benachrichtigte die Polizei.

Als die Beamten Karl B.s Wohnungstür gewaltsam geöffnet hatten, fanden sie keine Spur des Vermissten, glaubten zwar beim ersten Blick ins Wohnzimmer eine sitzende Gestalt in einem Sessel zu erkennen, fanden aber nur eine vertrocknete Pflanze, die mit ihrem Wurzelballen auf dem Sessel stand oder aus ihm herausgewachsen war. Es handelte sich um einen dichten Strauch mit kräftigem, verzweigtem Stamm, dessen Wurzeln teils in das Polster des Sessels eingewachsen waren, teils durch ihn hindurch und über seinen Rand auf den Fußboden führten, wo sie sich ausgebreitet hatten und jetzt mit dem Teppich ein einziges Geflecht von feinen Wurzeln und Fäden bildeten. Der Strauch trug zwischen seinen braunen vertrockneten Blättern Früchte, stachelige Kapseln, von denen einige aufgesprungen waren und ihre flachen Kerne auf dem Tisch und überall im Raum verstreut hatten.

In der Küche überzog ein dichter Pelz aus Schimmel die Essensreste in Tellern und Töpfen. In allen Ecken der Wohnung lagen Haufen schmutziger Wäsche, sogar in den

Zweigen der so seltsam platzierten Pflanze im Wohnraum hingen Fetzen von Kleidungsstücken.

Obwohl sich keiner erklären konnte, was das Vorgefundene bedeuten mochte, trugen alle eine berufsmäßige Gelassenheit zur Schau, die darauf zurückzuführen war, dass sie genau wussten, was sie tun mussten, nämlich eventuelle Spuren sichern, die Fakten aufnehmen und später einen Bericht verfassen. Dann würde jemand anderer entscheiden, ob und wie die Angelegenheit weiter zu verfolgen sei.

Als einer der Beamten, halb zu sich selbst, halb zu den Kollegen, sagte, »Ich möchte bloß wissen, wieso der Kerl sich den Strauch da auf den Sessel gepflanzt hat«, klang der Satz nicht wie eine Frage, sondern eher wie eine Bemerkung über das unangemessen kühle Wetter eines Sommertags, und während der Sprecher sich im Zimmer umsah, schob er sich gedankenverloren einen der überall herumliegenden Kerne, den er schon eine ganze Weile spielerisch zwischen den Fingern gedreht hatte, in den Mund.

Die Wahrheit über Rotkäppchen

Das Mädchen sollte der Großmutter damals Kuchen und Wein bringen, nahm also einen Korb, packte alles hinein und ging los.

Soweit stimmt die Geschichte ja, aber dass die Großmutter krank und gebrechlich gewesen wäre, ist reine Erfindung. Sie war vielmehr eine kräftige Sechzigerin, die Haus und Garten ganz allein in Ordnung hielt, ja, die sich sogar ihr Brennholz selbst kleinhackte und sich nicht so leicht vor etwas fürchtete. Dazu war sie geizig und von misstrauischem und unduldsamem Temperament. Sie hatte Sohn und Schwiegertochter mit ihrem ständigen Nörgeln und mit manchen Schikanen aus dem Haus getrieben, schließlich gedroht, alle zu enterben, und deshalb hatten die Eltern das Mädchen mit dem Korb losgeschickt. Es sollte damit gut Wetter bei der alten Frau machen, denn die Großmutter besaß außer dem Häuschen auch noch ein kleines Vermögen, auf das man spekulierte.

Das Mädchen hat natürlich zuerst etwas gemault, als es den Auftrag bekam, denn es wäre lieber mit seinen Freundinnen die Dorfstraße auf und ab flaniert. Dabei hätten sie, wie schon oft, den jungen Burschen zweideutige Bemerkungen zugerufen, um die Jungen auszulachen, wenn diese etwas erwiderten. Wollte aber einer von ihnen seiner Antwort auch handgreiflich Nachdruck verleihen, stoben die Mädchen unter lautem Gekreische mit wehenden Röcken und waagerecht in der Luft stehenden Zöpfen auseinander.

Anstatt an diesem Spiel teilzunehmen, ging das Mädchen also mit seinem Korb zwischen den Feldern in Richtung Wald, und sein blonder Schopf leuchtete in der Mittagssonne. Von einer roten Kappe war nichts zu sehen, die sollte das Mädchen erst in einer damals noch fernen Zukunft und unter ganz anderen Verhältnissen tragen. Zu der Zeit, von der ich jetzt erzähle, war das Kind gerade vierzehn geworden, und niemand wäre auf die Idee gekommen, es Rotkäppchen zu nennen, das kam sehr viel später und war dann so eine Art Künstlername.

Als das Mädchen schon eine ganze Weile mit seinem Korb durch den Wald gegangen und es rundum immer stiller und ihm dabei immer unheimlicher zumute geworden war, begegnete es zwar tatsächlich einem Wolf, aber der hatte ihm keine wohlgesetzten Reden gehalten und schon gar kein Wort über das Blumenpflücken verloren, auf so etwas würde kein Wolf jemals kommen. Er war nur ganz langsam mit gelb leuchtenden Augen und böse knurrend immer näher gekommen, sodass das Mädchen schließlich den Korb hatte fallen lassen und so schnell es konnte weggerannt war. Der Wolf, als ob er nur auf diesen Augenblick gewartet hätte, lief sofort hechelnd hinterher. Doch es musste ein ziemlich alter Wolf gewesen sein, der schon etwas asthmatisch war, denn er hatte bald aufgegeben. Erst war er, nach Luft japsend, auf dem Weg sitzengeblieben und dann langsam zurückgetrottet.

Dem Mädchen aber saß die Angst so im Nacken, dass es nicht aufhörte zu rennen, ehe es das Häuschen der Großmutter erreicht hatte. Ganz atemlos, der Schreck steckte ihm noch in den Gliedern, erzählte es der alten Frau seine Geschichte. Die aber lachte es aus, weil es sich vor dem alten zahnlosen Wolf gefürchtet hatte, und befahl ihm, zurückzugehen und den Korb zu holen. Doch das Mädchen mochte nicht wieder allein in den Wald, denn seine Angst vor dem Wolf war noch immer groß. Darüber wurde die Großmutter zornig, schimpfte, zeterte und gab dem Mädchen schließlich mit ihrer groben schwieligen Hand eine Maulschelle, dass das Kind schier zur Tür hinausflog.

Weinend lief es den Weg, den es gekommen war, zurück, wobei es sich immer wieder ängstlich umsah, aus Furcht, dass der Wolf sich noch einmal zeigen könnte. Einer der Zöpfe des Mädchens hatte sich gelöst, sodass sein Haar unordentlich herabhing, sein Gesicht zeigte Tränenspuren, und wo die Großmutter es geschlagen hatte, brannte ihm die Wange und war ganz rot geworden.

Als es neben sich ein lautes Knacken hörte, erschrak das Mädchen und wollte weglaufen, aber aus einem Seitenpfad trat nicht der Wolf, sondern ein junger Forstgehilfe, der sehr erstaunt war, hier mitten im Wald ein Mädchen zu treffen, das ganz allein unterwegs war. Er wunderte sich über das mitgenommene Aussehen des schönen Kindes und fragte, was ihm widerfahren sei. Als es ihm seine Geschichte erzählte, kamen ihm wieder die Tränen, und der junge Mann zog ein großes kariertes Taschentuch heraus, reichte es ihm, und nahm, während sie weitergingen, seine Hand. Der Wolf, so meinte der Forstgehilfe, sei nicht weiter gefährlich, er kenne ihn wohl, es sei ein altes Tier, das nicht mehr viel Kraft habe und dem auch schon etliche Zähne fehlten. Als der junge Mann aber auf die Großmutter zu sprechen kam, nannte er sie eine »garstige Alte«, redete sich in Rage und wünschte der Frau alles erdenklich Schlechte, worauf ihn das Mädchen dankbar ansah.

Bald kamen sie an die Stelle, wo das Mädchen den Korb hatte fallen lassen, fanden das zerrissene Papier, in das der Kuchen eingepackt gewesen war; doch der Kuchen war fort, im Korb lag nur noch die Weinflasche. Der Forstgehilfe meinte, das müsse der Wolf gewesen sein, denn der könne sowieso keine richtigen Knochen mehr beißen. Die beiden nahmen die Flasche mit, und der junge Mann sagte zu dem Mädchen, dass es wegen all der ausgestandenen Unbill wohl eher einen Schluck verdient hätte als die garstige Alte, die es in seiner Angst ausgelacht, dazu noch geschlagen und wieder in den Wald zurückgetrieben hatte. Und er wusste das Mädchen abseits des Wegs auf eine kleine Lichtung zu führen, wo weiche Mooskissen zum Sitzen einluden. Dort ließen die beiden sich nieder, tranken abwechselnd von dem Wein, das Mädchen versuchte die Schrecken, die ihm dieser Tag beschert hatte, zu vergessen, und der junge Mann half ihm dabei, so gut er konnte.

Als das Mädchen endlich alles Unangenehme, das der Tag gebracht, restlos vergessen hatte, stand die Sonne schon tief, und die Flasche war längst leer auf den Waldboden gerollt. Der Forstgehilfe und das Mädchen erhoben sich von ihrem moosigen Lager, sie brachte ihre Röcke in Ordnung, band ihre Miederschnur neu und ordnete ihr Haar, denn beim Vergessen hatte sich das eine wie das andere auf geheimnisvolle Weise gelöst. Wie sie wieder auf den Weg trat, leuchtete ihre rechte Wange ebenso rosig wie ihre linke, und niemand hätte mehr sagen können, auf welche von beiden die Großmutter sie geschlagen hatte.

Den jungen Mann rief jetzt der Abendbrottisch im Forsthaus, und auch das Mädchen musste sich eilig auf den Heimweg machen. Zu Hause erzählte sie kein Wörtchen von dem Wolf und dem schlechten Empfang bei der Großmutter, so gründlich war das Vergessen gelungen. Von dem jungen Forstgehilfen aber, den sie nicht vergessen hatte, schwieg sie.

*

Nach ein paar Monaten begann der Leib des Mädchens anzuschwellen, und als die Eltern die Schande bemerkten, schimpften sie mit ihrem Kind, nannten es eine schlechte Dirne und jagten sie aus dem Haus. Da wusste das Mädchen nicht, wo sie hingehen sollte; sie schnürte ihr kleines Bündel, lief auf der Landstraße aus dem Dorf hinaus und traf eine Gruppe fahrendes Volk, die sie aufnahm. Darunter waren ein paar Frauen, die die Not des Mädchens erkannten und ihr halfen, die Frucht ihres Leibes wieder loszuwerden, denn sie wussten wohl, dass es für eine junge Mutter, die allein ist, auf der Landstraße kein Fortkommen gibt.

Das unstete Leben gefiel dem Mädchen auf Dauer nicht. Sie blieb, als die Fahrenden einmal durch unsere Stadt kamen, zurück und fand ein Obdach in dem Haus in der Rosengasse, wo sie von den Frauen, die dort wohnen, gut aufgenommen wurde. Wie man weiß, geht es in jenem Haus abends immer lustig zu, man empfängt viele Besucher, Arbeitsleute tragen ihren Lohn, große Herren ihr Vermögen dorthin, man trinkt und scherzt bis zum Morgen und schläft bis in den hellen Tag hinein. Jeder aber, der das Mädchen dort besucht, ist des Lobes voll über ihren Liebreiz und über die Künste, die sie inzwischen gelernt hat.

Hier endlich ruft sie auch jeder Rotkäppchen nach dem roten Samtkäppchen, das ein Seemann, der sie aufsuchte, sooft er in die Stadt kam, ihr einmal aus dem fernen China mitgebracht hat. An diesem Käppchen fand sie soviel Gefallen, dass sie es seit dem Tag, an dem sie es bekam, nicht mehr ablegte, und wenn auch niemand zu sagen wüsste, vor wie vielen Männern Rotkäppchen sich in dem Haus in der Rosengasse schon ohne Mieder gezeigt haben mag, so gibt es doch keinen, der sie seitdem jemals ohne ihr rotes Käppchen gesehen hätte.

*

Woher ich das alles weiß, willst du naseweiser Leser wissen? Nun, Rotkäppchen hat es mir selbst erzählt, als ich sie in dem Haus in der Rosengasse besuchte. Doch weiß ich auch, dass sie es schon so manchem erzählt hat – und jedes Mal ein klein wenig anders. Da mag dann wohl einer mit ein bisschen zu viel Fantasie aus dieser ganz alltäglichen Geschichte etwas durchaus Märchenhaftes gemacht haben, wie man es ja allenthalben nachlesen kann.

Wenn aber du, lieber Leser, es ganz genau und aus erster Hand wissen willst, dann gehe in die Rosengasse und frage Rotkäppchen doch selbst!

Auf dem Seil

Auch heute Abend hocke ich wieder auf dem Stahlseil über der Straße. Ich bin nur einen knappen Meter von der Stelle entfernt, an der die über der Fahrbahnmitte schwebende Lampe aufgehängt ist. Meine Füße stehen schräg mit Ballen und Fersen auf dem Seil, das ich außerdem mit einer Hand ergriffen habe – weniger um mich festzuhalten, sondern damit ich bei den Gewichtsverlagerungen, die notwendig sind, um das Schwanken des Seils auszugleichen, einen Punkt zum Abstützen habe. Außerdem kann ich meinen freien Arm noch zusätzlich zum Ausbalancieren benutzen. Ich habe gelernt, mich in dieser Haltung auf dem Seil zu bewegen, und es kostet mich nur geringe Anstrengung, auf diese Weise dort über Stunden das Gleichgewicht zu halten.

Schon seit einer Reihe von Wochen verbringe ich jeden Abend ein paar Stunden hier draußen. Sobald ich aus dem Büro nach Hause komme, ziehe ich mich um, nehme meine Abendmahlzeit zu mir und klettere dann aus dem Küchenfenster meiner im dritten Stock liegenden Wohnung auf das Stahlseil, das an der Wand meines Hauses befestigt und von dort quer über die Straße gespannt ist.

Als ich vor ein paar Monaten in diese Wohnung eingezogen bin, habe ich die Abende zunächst am offenen Fenster verbracht, später setzte ich mich auf die Fensterbank, und

irgendwann versuchte ich über ein paar Simse das Seil zu erreichen, das einen guten Meter schräg unter meinem Fenster verankert ist und mich von Beginn an auf geheimnisvolle
Weise angezogen hat. Bald darauf machte ich die ersten tas-
tenden Schritte von der Hauswand fort, und schließlich habe ich mich von Tag zu Tag weiter vorgewagt.

Wenn ich auf dem leicht schwankenden Seil hocke, sehe
ich unter mir Menschen, Autos und Straßenbahnen, aber
ich beobachte nie Einzelheiten, schaue nur in das lebhafte
Gewimmel wie auf ein sich ständig veränderndes bewegli-
ches Muster, glaube die Stimmen des Winds zu verstehen,
spüre den Geschmack der Luft, die aus den Straßenschluchten aufsteigt, fühle die letzten Strahlen der Abend-
sonne, und meine Augen betasten die Oberfläche der Stei-
ne in der Mauer.

Von weit größerer Wirklichkeit als die Menschen unter
mir und ihr Tun und Treiben sind mir die die Luft durch-
schneidende Linie des Seils, auf dem meine Füße Halt finden, sowie die Tauben und Spatzen, die sich neben mir darauf niederlassen, bis auf eine gewisse Distanz an mich
herankommen, um mich mit schräg gestellten Köpfen zu
beäugen und sich irgendwann mit einer einzigen mühelo-
sen Bewegung ihres Körpers wieder in die Luft werfen.
Dann folgen meine Augen ihnen bis zu dem Mauer-
vorsprung oder der Antenne, wo sie sicher landen, oder so
lange, bis ein Dachfirst oder ein Häuserblock meinen Blick
an ihrer weiteren Verfolgung hindert.

Auch tagsüber während der Arbeitsstunden beobachte
ich oft vom Fenster meines Büros aus den Flug der Vögel.

Alles daran erscheint leicht und selbstverständlich. Wie viel Geschicklichkeit und Kraft doch in diesen kleinen Körpern steckt! Und trotzdem, meine ich, muss noch etwas anderes dazukommen zu der erlernten und geübten Fertigkeit und zu dem für das Fliegen besonders eingerichteten Körperbau, etwas, das ich das ›instinktive Fliegenkönnen‹ nennen möchte; der Vogel *weiß*, dass er fliegen kann. Nur deshalb kann er sich fallen lassen und sich ohne Angst der Luft anvertrauen. Diese Gewissheit hat am Ende vielleicht größeren Anteil an der Fähigkeit zu fliegen als alles andere, und wer sie fest in seinem Bewusstsein verankern könnte, wäre wohl auch fähig, die Unzulänglichkeiten eines Körpers, der nicht zum Fliegen eingerichtet ist, zu überwinden. Daran muss ich oft denken, denn abends auf dem Drahtseil, wenn ich dem Flug der Vögel zusehe und ganz eins bin mit dem Rhythmus des leise schwankenden Seils, dann spüre auch ich manchmal in kurzen glücklichen Momenten eine ferne Ahnung dieser Gewissheit.

Bis heute hat mich hier oben noch nie jemand bemerkt. Glücklicherweise heben die Leute selten die Köpfe und schauen eher auf den vorbeiflutenden Straßenverkehr, auf Schaufenster und Plakate, auf die Leuchtkästen mit Kinoprogrammen und Speisekarten und auf die, die gleich ihnen an alldem vorbeiflanieren. Die Augenblicke, wenn ich aus dem Fenster und zu dem Seil hin klettere, sind die kritischsten, dann kann ich am leichtesten entdeckt werden. Deshalb schaue ich vorher sorgfältig die Straße entlang, ob jemand zufällig nach oben sieht. Auch mache ich wie ein Insekt immer nur wenige rasche Bewegungen, bleibe dann für einige Sekunden regungslos, bevor ich mit einer ebenso schnellen Bewegungsfolge wie zuvor meine nächste Position erreiche, wo ich wieder erst einmal völlig ruhig verharre. Hocke ich aber dann auf dem Draht über der Straßenmitte, bin ich für die Menschen nur ein dunkler Gegenstand gegen den langsam dunkler werdenden Himmel, ein etwas zu groß geratener Vogel vielleicht, über den sich niemand weiter Gedanken macht.

Ich will froh sein, dass mich noch niemand hier oben auf dem Seil bemerkt hat. Die Folgen einer Entdeckung mag ich mir gar nicht ausmalen. Wahrscheinlich würde man mich für einen Selbstmörder oder für geistesgestört halten, und ich wäre fortan ein Objekt misstrauischer Beobachtung und könnte kaum noch ungehindert aus dem Fenster klettern. Erführe man auf meiner Arbeitsstelle von meinen abendlichen Ausflügen auf das Seil, würde man mich belächeln, mich bedauern oder aber mit Unverständnis reagieren – auf jeden Fall würde die Kluft, die ich schon jetzt zwischen mir und den anderen im Büro spüre, endgültig unüberbrückbar werden.

Allerdings wird es mir in der letzten Zeit zunehmend schwerer, das Gleichgewicht zwischen meiner Existenz als normal funktionierender Angestellter, Bewohner einer auf festen Grund gebauten Wohnung einerseits und andererseits als jemand, der abends Stunden auf einem schwankenden Seil verbringt, aufrecht zu erhalten. Jeden Abend zögere ich den Zeitpunkt weiter hinaus, an dem ich mich der Hauswand wieder nähere und durchs Fenster zurück in meine Wohnung klettere. Tagsüber aber fiebere ich dem

Augenblick entgegen, in dem ich wieder auf das Seil gehen kann, denn erst dort, hoch über der Straße, spüre ich, dass ich einer grenzenlosen Freiheit, die unendliche Möglichkeiten in sich birgt, nahe bin.

Während die Zeit, die ich über der Straße auf dem Seil verbringe, mir immer wichtiger wird und immer größeren Raum in meinem Denken einnimmt, kommt mir meine Tätigkeit im Büro täglich sinnloser vor, und oft bin ich dabei nicht richtig bei der Sache. So ist es in der letzten Zeit schon zweimal vorgekommen, dass ich Fehler gemacht und deswegen Ärger bekommen habe; aber so sehr ich mich auch zur Konzentration auf meine Arbeit zwinge, so kann ich doch nicht verhindern, dass meine Gedanken immer wieder abschweifen und meine Augen, anstatt die Zahlenreihen auf dem Bildschirm vor mir zu betrachten, aus dem Fenster in den weiten Himmel sehen und dort dem Flug der Vögel folgen.

Es gibt Momente, in denen ich fürchte, allmählich den Kontakt zu meiner alten, an die Erdkruste gefesselten Existenz zu verlieren, aber größer ist die Hoffnung auf etwas Neues und Außergewöhnliches, das ich gewinnen kann und dem ich mich nahe fühle, wenn ich abends über der Straße auf dem Seil hocke. Deshalb zieht es mich Abend für Abend immer wieder hinaus, und so bin ich auch heute hier *über* der Straße, *über* dem insektengleichen Gewimmel dort unten, doch immer noch *unter* dem unendlichen Himmel, der über mir in die Ferne deutet.

Aber heute ist ein besonderer Tag. Ich spüre, dass der einzigartige Augenblick, das lange nicht eingestandene Ziel meiner Wünsche, sich nähert. Das Licht des Abends reicht gerade noch aus, und ich fühle mich auf eine besondere Weise leicht und fern von allem, was mich beschweren könnte. Jetzt kippt mein Körper, während ich gleichzeitig die Arme ausbreite, langsam nach vorn, schon spüren meine Füße das Seil nicht mehr, und ich lasse mich, unendlich langsam, in die freie Luft fallen.

Der Einbrecher

Es klingelt. Ein junger Mann steht vor der Tür. »Guten Tag, ich bin ein Einbrecher«, sagt er.

»Da haben Sie schon ihren ersten Fehler gemacht«, antworte ich ihm. »Da hätten Sie einbrechen müssen, anstatt zu klingeln. Aber kommen Sie doch erst einmal herein. Was kann ich denn für Sie tun?«

»Entschuldigen Sie, das mit dem Klingeln tut mir leid. Aber Ihre Tür sah so solide aus, da wollte ich mir unnötige Arbeit ersparen, und vielleicht ist es Ihnen hinterher ja auch lieber, wenn nicht auch noch die Tür kaputt ist.«

»Da könnten Sie recht haben, aber was haben Sie nun vor? Wollen Sie mich ausrauben?«

»Ja, genau das habe ich vor«, sagt er, nestelt etwas umständlich eine Pistole aus der Innentasche seiner Jacke und richtet sie auf mich. »Wenn Sie mir bitte jetzt Ihr gesamtes Bargeld aushändigen wollen! Aber keine Schecks oder Kreditkarten – und auch keine Wertgegenstände bitte.«

»Also, das kommt mir eigentlich jetzt ziemlich ungelegen … ich kann Ihnen natürlich … aber wissen Sie, ich habe kaum Bargeld im Haus. Hier mein Portemonnaie: Machen Sie es ruhig auf, und schauen Sie nach! Warten Sie, ich halte auch inzwischen Ihre Pistole. Sehen Sie! Gerade mal fünfundzwanzig Euro und ein paar Münzen. Wollen Sie sich dafür wirklich die Mühe machen?«

»Hm. Haben Sie nicht noch irgendwo anders etwas Bargeld?« Ich verneine und gebe ihm seine Waffe zurück. Er sieht mich unschlüssig an und sagt: »Das lohnt sich ja wirklich kaum. Eigentlich sollte ich mich mit derart läppischen Beträgen gar nicht abgeben, aber ich möchte natürlich auch nicht ganz ohne etwas wieder gehen. Das verstehen Sie doch? Ich habe ja auch Unkosten gehabt. – Ich schlage vor, ich nehme mir den Zwanziger und Sie behalten den Rest. Was halten Sie davon?«

»Das finde ich fair«, antworte ich. »Sie müssen wirklich entschuldigen, dass ich nicht mehr Geld im Hause habe.«

»Naja«, meint er, »Sie konnten ja nicht wissen, dass ich heute komme. – Also, auf Wiedersehen!«

»Ach nein, Sie sollten sich diese Mühe wirklich nicht noch einmal machen. Versuchen Sie doch lieber, ehe Sie jemanden besuchen, herauszufinden, ob die Person ausreichend Bargeld im Haus hat. Dann können Sie sich manchen unnötigen Weg sparen.«

»Ja, ja, das ist schon richtig, aber wie findet man das heraus?«, fragt er. »Dann nochmal: Auf Wiedersehen!«

Ich beantworte seine Frage nicht und unterlasse es diesmal auch, seinem »Auf Wiedersehen!« zu widersprechen, sondern sage ebenfalls: »Auf Wiedersehen!«, geleite den Einbrecher hinaus und schließe die Tür hinter ihm.

Dann hole ich die große Reisetasche aus dem Schrank im Schlafzimmer und stelle sie in der Küche auf einen Stuhl. Seit meinem Überfall auf die Bankfiliale gestern bin ich noch nicht dazu gekommen, mir die Beute genauer anzusehen. Jetzt nehme ich die banderolierten Geldscheinbündel aus der Tasche und mache auf dem Küchentisch für jeden Wert einen separaten Stapel.

Ich muss immer noch an den Einbrecher von vorhin denken, schüttle den Kopf und sage halblaut zu mir selbst: »Die jungen Leute heute müssen wirklich noch eine Menge lernen.«

Feierabend

Als Karl-Heinz aus dem langen Korridor kam, an dem rechts und links die Büros der Sachbearbeiter liegen, und die Pendeltür zum Treppenhaus aufstieß, sah er, wie sich die des Aufzugs gerade schloss. Durch ihr Glas erkannte er die Gesichter der gedrängt stehenden Kollegen, die, als der Fahrstuhl sich in Bewegung setzte, hinunterrutschten, bis ihre Köpfe zuletzt auf gleicher Höhe mit Karl-Heinz' Schuhspitzen waren, bevor sie nach unten verschwanden. Er stieg die Treppen, die um den Aufzugschacht herumführten, hinunter, kam noch zweimal an kleinen Gruppen von Wartenden vorbei, durchquerte, im Erdgeschoss angekommen, die Eingangshalle und trat durch die große Drehtür ins Freie.

Draußen überfiel ihn die warme sommerliche Luft, der Geruch des aufgeheizten Asphalts und der Autoabgase sowie die Geräusche des Feierabendverkehrs, und schon nach wenigen Schritten standen kleine Schweißtropfen auf Karl-Heinz' Stirn. Er reihte sich in den Menschenstrom ein, der dem nächsten U-Bahn-Eingang zustrebte, und wie er mit anderen an einer roten Verkehrsampel stehen blieb, fiel sein Blick auf ein neu angebrachtes, überdimensionales Kinoplakat an einem Baugerüst auf der gegenüberliegenden Straßenseite. Es zeigte eine junge Schauspielerin, die in einem leichten Sommerkleid über eine blumenübersäte Wiese auf den Betrachter zuzulaufen schien. Sie erinnerte ihn an Elfi, wie sie ausgesehen hatte, als er sie kennenlernte: blond, mit einem regelmäßigen Gesicht, volllippigem Mund, hoch angesetzten Wangenknochen und den eckigen Bewegungen eines Füllens.

Die Ampel schaltete auf Grün, der Menschenstrom setzte sich wieder in Bewegung, wälzte sich über die Straße und teilte sich. Der größere Teil verschwand im Treppenschacht zur U-Bahn, und Karl Heinz stieg mit anderen eine Anzahl von Stufen hinunter und ging weiter durch einen gefliesten Gang, an dessen Wänden Plakate klebten, auf denen eine in farbiges Bühnenlicht getauchte Band den Hintergrund zum Kopf eines Sängers abgab.

*

Elfi und er waren schon bald, nachdem sie sich kennengelernt hatten, unzertrennlich gewesen, und Karl-Heinz erinnerte sich an ihre ersten Verabredungen, an das aufeinander Warten an Straßenbahnhaltestellen, an dunkle Kinosäle, in denen er mit Elfi gesessen hatte, sie den Kopf an seine Schulter gelehnt und beider Hände ineinander verflochten. Er dachte an Diskotheken, in denen gelbe, blaue, rote, grüne und violette Scheinwerfer die Tanzenden im dröhnenden Takt der Musik alle paar Sekunden in ein anderes unwirkliches Licht getaucht, in denen sich die Paare bei langsamen Stücken eng aneinandergeklammert hin- und her gewiegt und nicht mitbekommen hatten, was um sie herum vorging.

*

Auf dem Bahnsteig konnte Karl-Heinz gerade noch sehen, wie die Schlusslichter seiner Bahn im Dunkel verschwanden. Er blieb gegenüber der an der Tunnelwand angebrachten Mattscheibe stehen, auf der sich Werbeeinblendungen und kurze Szenen mit einer knollennasigen Zeichentrickfigur abwechselten. Während ein als strahlende Braut ausstaffiertes Fotomodell von der Projektionsfläche aus die Wartenden anlächelte, hörte Karl-Heinz neben sich einen Mann mit großer Bestimmtheit einem anderen auseinandersetzen, wie der Versand effektiver zu organisieren sei. Es musste jedem Zuhörer klar sein, dass der derzeit Verantwortliche die Dinge schleifen ließ und offenbar den Ratschlägen des Sprechers nicht gefolgt war.

*

Als sie geheiratet hatten, arbeitete Elfi als Verkäuferin in einem Warenhaus, Karl-Heinz bei der Bank, bei der er noch heute beschäftigt war. Elfi hatte in ihrem weißen Kleid bezaubernd ausgesehen, und er war stolz auf sie gewesen. Irgendwann zu vorgerückter Stunde hatte das Paar das Fest verlassen, sich schnell umgezogen und war mit einem Taxi zum Bahnhof gefahren. Die Hochzeitsreise ging zuerst nach Venedig, dann in einen Badeort an der Adria. Zurückgekehrt, nahmen sie die Neubauwohnung in ihrem Vorort in Besitz, die sie vor der Hochzeit eingerichtet hatten und noch heute bewohnten. Abends kuschelten sie sich auf dem Ledersofa, das noch ganz neu roch, aneinander, guckten Fernsehen oder hörten Platten und sprachen manchmal darüber, was sie sich noch alles kaufen würden, wenn die Kredite abbezahlt wären und Karl-Heinz in der Bank Karriere gemacht hätte.

An den Kosten der Wohnungseinrichtung und ihrer Hochzeitsreise sollten Elfi und Karl-Heinz noch Jahre abzahlen. Es waren neue Schulden dazugekommen, weil sie in den ersten Ehejahren noch weitere spektakuläre Urlaubsreisen gemacht und auch das eine oder andere Stück für den Haushalt angeschafft hatten. Die Hoffnung auf eine Karriere hatte Karl-Heinz irgendwann aufgegeben. Nachdem er immer öfter erleben musste, dass jüngere Kollegen ihm vorgezogen wurden, Posten bekamen, die er anstrebte, und weiter aufstiegen, als er je zu träumen gewagt hatte, fand er sich damit ab, dass er offenbar nur mäßig begabt und sein Ehrgeiz nicht groß genug sei, um ein über das Normale hinausgehendes Maß an Energie in sein berufliches Fortkommen zu investieren.

*

An einer Haltestelle stiegen jetzt weitere Menschen zu, darunter eine Frau mit einem Kinderwagen. Die im Gang Stehenden wurden weitergeschoben und Karl-Heinz mitten in eine Gruppe Jugendlicher gedrängt, die ihr Gespräch ungeniert über seinen Kopf hinweg fortsetzten. Er hörte ihrer Unterhaltung nicht zu, sondern hing weiter seinen Gedanken nach.

*

Vielleicht wäre alles anders gekommen, wenn er und Elfi Kinder gehabt hätten. Sie hatten früher hin und wieder darüber gesprochen, doch immer war ein »Wenn« oder ein »Später« dabei gewesen, und irgendwann hatten sie das Thema nicht mehr berührt. Als Elfi ein paar Jahre nach der Hochzeit ihre Stelle verlor, weil die Warenhauskette, bei der sie beschäftigt war, eine Anzahl von Filialen schloss, bemühte sie sich zunächst darum, wieder irgendwo unterzukommen, gab aber nach ein paar Monaten auf und fand sich damit ab, nicht mehr zu arbeiten. Für Kinder, so meinte sie damals, sei es immer noch Zeit. Sie blieb erst einmal zu Hause, kümmerte sich um den Haushalt, verbrachte viel Zeit in Modegeschäften und saß, stundenlang Süßigkeiten knabbernd, vor dem Fernseher. Ihre Figur wurde üppiger, und sie wurde träger, ging bald nur noch aus dem Haus, wenn es absolut notwendig war und vernachlässigte sich sowie den Haushalt.

Karl-Heinz konnte sich nicht mehr erinnern, wann er gemerkt hatte, dass Elfi trank. Die ersten Male hatte er nichts dabei gefunden, dass sie ein bisschen beschwipst war, wenn er nach Hause kam. Als es dann regelmäßig geschah und soweit ging, dass sie kaum noch ansprechbar war, hatte er ihr Szenen gemacht. Am anderen Morgen versprach sie jedes Mal, nicht mehr zu trinken, und ein paar Tage später fand Karl-Heinz sie abends dann doch wieder im verrutschten Morgenrock mit angezogenen Beinen auf dem inzwischen schon etwas verschlissenen Ledersofa liegen, die fast leere Flasche vor ihr auf dem Glastisch.

Bald schlief Elfi regelmäßig bis Mittag, machte nur noch die notwendigsten Einkäufe und verbrachte die Nachmittage dösend, trinkend und Naschereien in sich hineinstopfend vor dem Fernseher. Karl-Heinz hatte sich mit der Zeit daran gewöhnt, seine Frau abends mehr oder weniger betrunken vorzufinden. Er bereitete sich sein Abendessen selbst, stellte es neben die Schnapsflasche auf den Tisch, setzte sich in seinen Sessel und sah fern. Wenn Elfi eingeschlafen war, breitete er eine Decke über sie und ließ sie, wo sie war, ehe er selbst zu Bett ging.

*

Die Bahn war allmählich leerer geworden und fuhr jetzt oberirdisch auf einer eigenen Trasse durch die Vororte. Rechts und links der Ausfallstraße hatte man in den sechziger Jahren dort, wo vorher Felder waren, Wohnblocks gebaut. Die Häuser der Siedlung, in der Karl-Heinz und Elfi wohnten, standen schräg zu einer kleinen Stichstraße. Zwischen ihnen gab es Rasenflächen mit Teppichstangen und einem Sandkasten. Immer vier Blocks klebten mit den versetzten Giebelseiten aneinander, jedes Haus zeigte sich in einem anderen verblichenen Pastellton und hatte in vier Stockwerken insgesamt acht Wohnungen mit jedesmal drei Zimmern, Küche, Diele und Bad, überall gleich groß und gleich angeordnet, wobei die Wohnungen der linken Haushälfte das exakte Spiegelbild derjenigen der rechten Hälfte waren.

Als Karl-Heinz von der Haltestelle kam und die Kreuzung querte, sah er eine Menschenansammlung auf der Straße. Er war nicht neugierig auf das, was dort passiert sein mochte, und hatte keine Lust, sich dazuzustellen, um es zu erfahren, aber er musste sich durch die Gaffer drängen, um vorbeizukommen, und sah für einen Moment ein paar Leute neben einem Auto stehen, die auf einen Mann mit kalkweißem Gesicht, der sich an den Wagen lehnte, einredeten. Vor der Gruppe lag halb in einem dunkel glänzenden Fleck eine dicke Frau auf dem Asphalt. Über ihren Kopf und Oberkörper hatte man eine Decke gebreitet, darunter sah man das Muster eines großgeblümten Kleids. Eine der breitgetretenen Pantoletten mit vergoldeten Riemchen zeigte mit der Spitze in die Luft, der andere Schuh fehlte. Die Sohle des braunen Strumpfes hatte ein Loch, durch das die weiße Haut zu sehen war. Karl-Heinz ging schnell weiter und dachte, dass Elfi sich wenigstens heile Strümpfe hätte anziehen können, und dass sie bestimmt wieder getrunken hatte, als sie aus dem Haus ging.

In der Wohnung angekommen, überlegte er kurz, wie lange es wohl dauern könnte, bis man ihn wegen des Unfalls benachrichtigen würde. Dann schnitt er sich von dem Laib Brot, den er in der Küche fand, zwei Scheiben ab, die er mit Butter bestrich, mit Wurst und Käse belegte und ins Wohnzimmer trug. Schließlich holte er sich noch eine Flasche Bier aus dem Kühlschrank und schaltete den Fernseher ein.

Schmeckt es dir?

Jörgs Mutter sagt, Jörg habe als Kind gerne Rouladen gegessen.

Jörg weiß davon nichts mehr, er weiß nur, dass es, als er Kind war, sonntags bei ihnen zu Hause oft Rouladen gab. Damals, so erinnert er sich, sagte seine Mutter immer, dass sie Rouladen mache, weil sein Vater sie so gern äße.

Jörg weiß nicht mehr genau, an wie vielen Sonntagen sie tatsächlich Rouladen aßen. Sicher gab es zwischendurch auch etwas anderes, aber wenn er zurückdenkt, kann er sich an kein anderes Sonntagsgericht erinnern.

Als Jörg heiratete, hat seine Mutter auch seiner jungen Frau erzählt, dass er gerne Rouladen äße, und ihr auch gleich aufgeschrieben, wie sie sie immer zubereitet. Jörg hatte Rouladen damals eigentlich schon längst über, aber er fand es rührend, dass seine Frau ihm damit eine Freude machen wollte, und als sie ihn voller Stolz fragte: »Schmeckt es dir?«, hat er geantwortet: »Ja, wunderbar, Liebling.«

Seit jenem Tag vor nun mehr als zwanzig Jahren bekommt Jörg mindestens jeden zweiten Sonntag Rouladen – jedenfalls kommt es ihm so vor. Und wenn er dann vorsichtig protestiert und fragt: »Hatten wir nicht erst vorletzten Sonntag Rouladen?«, dann lautet die promte Antwort seiner Frau: »Aber nein, es ist schon über einen Monat her, dass ich zuletzt Rouladen gemacht habe. Und ich mache sie ja auch nur, weil Du sie so gern magst – und der Junge doch auch.«

Ha! »Der Junge doch auch!« Jörg hat genau gesehen, wie sie ihn gefragt hat, ob es ihm schmeckt. Da hatte »der Junge« seine Kopfhörer im Ohr und hat irgendeine Musik gehört. Er kann gar nicht verstanden haben, was sie ihn gefragt hat, und genickt hat er auch nur im Takt der Musik, das hatte mit ihrer Frage gar nichts zu tun.

Im Laufe der Jahre hat Jörg Rouladen hassen gelernt, und inzwischen ist er sich sicher, dass auch sein Vater Rouladen in Wirklichkeit gehasst haben muss. Vielleicht gab es ja vor Generationen einmal einen Knaben oder Vater in der Familie, der wirklich Rouladen mochte; aber Jörg hält das für unwahrscheinlich.

Viel eher hat irgendwann vor hundert oder mehr Jahren eine der Rouladenköchinnen einem armen, unschuldigen Kind, das während des Essens verträumt einer Fliege nachsah, die durch die Küche schwirrte, voll Hinterlist die vertrackte Frage gestellt: »Na, mein Junge, schmeckt's dir?« Das Kind hat darauf bestimmt nur deshalb »Ja, Frau Mutter« gesagt, weil man das den Kindern damals so beigebracht hat, oder eventuell sogar nur genickt, ohne richtig zugehört zu haben.

Vielleicht hat auch ein verliebter Gimpel – so wie es Jörg ja ebenfalls getan hat – die Kochkünste seiner jungen Gattin ihr zu Gefallen loben wollen und das verhängnisvolle Wort ausgesprochen.

Und seitdem rollt die Rouladenlawine unerbittlich durch die Generationen. – Das Ganze ist ein Komplott der Frauen, die sich immer wieder zusammentun und dafür sorgen, das diese Lawine niemals abreißt.

Jörg hat inzwischen resigniert, er isst alle zwei Wochen sonntags lustlos eine Roulade, trinkt ein Bier dazu und wenn seine Frau ihn fragt, ob es geschmeckt hat, antwortet er mit einem Brummen. Die Hoffnung auf ein Leben ohne Rouladen hat er längst aufgegeben. Nur wenn er an seinen Sohn denkt, den die Mutter ja auch schon in die Rouladenesserschublade geschoben hat, dann lehnt sich etwas in Jörg auf. Der Junge soll es einmal besser haben! Er soll nicht ein Leben lang zum Rouladenessen verurteilt sein.

Der Sohn kommt in der letzten Zeit auffallend oft nachts nicht nach Hause. Offenbar hat er eine feste Freundin. Jörgs Frau hat entsprechende Andeutungen gemacht und dem Filius gesagt, sie würde sich wirklich sehr freuen, wenn er das Mädchen einmal mitbrächte. Dazu hat sie hönigsüß gelächelt. Seitdem ist Jörg wachsam. Sobald der Junge seine Freundin mit nach Hause bringt und die Mutter sie in ein Gespräch über Kochrezepte verwickelt, wird Jörg eine von beiden umbringen.

Albert

Lieber Herr Skepinski, ich sage es am besten gleich: Natürlich hatte ich an dem Abend, von dem ich Ihnen jetzt erzählen werde, etwas getrunken. Ich bin in einem Restaurant zum Abendessen gewesen und – na, Sie kennen mich – ich werde doch nicht irgendwo zu Abend essen, ohne ein Glas dazu zu trinken. Es kann auch durchaus sein, dass ich, wie ich es hin und wieder tue, danach noch ein bisschen sitzen geblieben bin und noch ein oder zwei Glas über das Essen hinaus getrunken habe, das alles will ich gar nicht abstreiten. Aber, Herr Skepinski, ich sage Ihnen, dass ich ganz bestimmt nicht betrunken war, als ich dann nach Hause ging, dass also das, was ich auf dem Nachhauseweg erlebt oder besser: gesehen habe, mir nicht von einem alkoholisierten Gehirn vorgespiegelt wurde, sondern dass ich es tatsächlich gesehen habe, gerade so wie ich Sie jetzt vor mir sehe.

Ich ging also langsam durch die nächtliche Stadt nach Hause und zwar durch diese Straße – Sie werden sie kennen – in der ein Antiquitätengeschäft neben dem anderen liegt. Im Vorbeigehen sah ich immer mal wieder in die Schaufenster hinein. Dort glänzte – von der Nachtbeleuchtung erhellt – das matte Furnier alter Möbel, Lichter spielten in auf dunkelblauem Samt ausgelegtem Granat- und Strassschmuck, und die blassen Gesichter von Gips- und Marmorbüsten schauten mich ernst an.

Plötzlich nahm ich in einem der Fenster eine Bewegung wahr – und da sah ich ihn: einen Stuhl aus dunklem, rötlich schimmerndem Holz, der langsam auf den hinteren Beinen hin und her wippte, während er die vorderen, als ob sie mit Gelenken versehen wären, übereinandergeschlagen hatte. Ich war einigermaßen perplex, denn wer hat schon jemals einen Stuhl gesehen, der ein Beinpaar übereinanderschlägt und, ohne dass jemand auf ihm sitzt, auf dem anderen hin und her wippt. Die Lehne mit ihren Verstrebungen erinnerte dabei entfernt an ein Gesicht, das einen entspannten und zufriedenen Ausdruck zeigt.

Unwillkürlich trat ich näher an das Schaufenster heran, aber da hörte der Stuhl zu wippen auf, richtete seine beiden vorderen Beine wieder gerade, setzte sie auf den Boden und rührte sich nicht mehr. Seine Lehne schien jetzt blasiert und unbeteiligt aus dem Fenster zu schauen. Ich blieb noch eine Weile mit gesenkten Lidern und ohne mich zu bewegen, stehen, wobei ich den Stuhl genau beobachtete, ohne ihn direkt anzuschauen. Aber die Lehne veränderte ihren Gesichtsausdruck nicht, und Anzeichen einer Bewegung waren auch nicht mehr zu erkennen, sodass ich irgendwann meinen Heimweg fortsetzte, während mir der Stuhl und das was ich gerade gesehen hatte, nicht aus dem Kopf gehen wollte.

Auch in den nächsten Tagen musste ich zwischendurch immer wieder an diesen Stuhl und sein ungewöhnliches Verhalten denken, und als ich wieder einmal in der Nähe war, bog ich in die Straße ein, in der das Antiquitätengeschäft liegt, in dem ich ihn gesehen hatte, sah, dass er noch immer auf demselben Platz im Schaufenster stand, und ging in den Laden.

Ich sagte dem Verkäufer zuerst, ich wolle mich nur etwas umschauen, schlenderte durch die Gänge, schaute mir einen Kirschbaumsekretär näher an, blieb bei einer silbernen Teekanne einen Augenblick stehen und näherte mich auf diese Weise langsam dem Stuhl. Weil ich nicht direkt nach dem Preis fragen wollte, sagte ich wie beiläufig: »Und was ist das hier für ein Stuhl?« Der Verkäufer schien nur auf meine Frage gewartet zu haben und erzählte mir, der Stuhl sei ein englisches Möbel aus den 1870er Jahren, ein »Smee & Sons« und wahrscheinlich von E. W. Godwin entworfen, was mir beides gar nichts sagte. Der Mann erging sich in weiteren Einzelheiten, die ich vergessen habe, und tat das, wie mir schien, um den Preis zu rechtfertigen, den er mir anschließend nannte. Ich fand diesen Preis sehr hoch und wollte Einwände machen, aber ich sah den Stuhl an und es schien mir, als ob auch er mich anblickte. Da war es mir peinlich, in seiner Gegenwart um ihn zu feilschen, ich akzeptierte den Preis und machte den Handel perfekt.

Als der Stuhl dann am darauffolgenden Tag gebracht wurde, stellte ich ihn in mein Bücherzimmer, setzte mich in den bequemen Ledersessel, der meiner Neuerwerbung nun gegenüber stand, und betrachtete ihn. Ich hatte plötzlich das Bedürfnis, ihm einen Namen zu geben, und fand, dass Albert ein passender Name für ihn wäre – und zwar mit englischer Aussprache, also »Ålbört«, weil er ein englisches Möbel ist. Ich sagte an diesem Abend also zu ihm: »Na, Albert, hier bist du nun zu Hause«, und vertiefte mich dann in meine Zeitung, denn ich wollte nicht zu aufdringlich sein.

Natürlich warte ich seitdem gespannt darauf, dass Albert irgendwann wieder die Beine übereinanderschlägt, so wie ich es in dem Schaufenster gesehen habe, aber mir ist klar, dass er sich erst einmal an seine neue Umgebung gewöhnen muss. Ich will ihn nicht drängen und denke, wenn er sich richtig eingelebt hat und bei mir heimisch geworden ist, wird das schon von selbst kommen.

Und so begrüße ich Albert jeden Abend, wenn ich ins Zimmer komme, mit ein paar freundlichen Worten, nicke ihm zu, setze mich ihm gegenüber in den Sessel, lese – genau so wie ich es auch sonst getan habe – in der Zeitung oder in einem Buch, trinke ein Glas Wein dabei und sehe hin und wieder zu Albert hinüber. Und – ob Sie es glauben oder nicht – obwohl ich eigentlich das Gleiche tue, was ich zuvor auch ohne Albert getan habe, kommt es mir abends jetzt gemütlicher vor. Ich habe das Gefühl, dass Albert eine große Gelassenheit ausstrahlt, und das muss sich irgendwie auf mich übertragen, denn ich fühle mich in seiner Gesellschaft entspannt und ausgesprochen wohl.

Entschuldigen Sie, Herr Skepinski, aber ich rede die ganze Zeit über Albert, und Sie haben ihn noch gar nicht kennengelernt. Kommen Sie doch einfach mal mit, ich werde Ihnen Albert vorstellen. Warten Sie, hier entlang! Das hier ist meine »Bücherhöhle«, und das ist Albert. – Albert, das ist Herr Skepinski, ein guter Bekannter von mir.

Was sagen Sie? Ganz nett, aber nicht Besonderes? Ich bitte Sie, immerhin ist er von E. W. Godwin entworfen, einem nicht ganz unbedeutenden Möbeldesigner seiner Zeit, ich habe mich da inzwischen kundig gemacht. Albert ist ganz ohne Zweifel ein ausgesprochen schönes Exemplar der Gattung Stuhl. Obwohl es eigentlich darauf ja gar nicht ankommt, denn er hat andere, viel tiefer liegende Qualitäten, wie ich Ihnen ja vorhin … Nein, bitte um Gottes Willen nicht hinsetzen! Ich kann mir nicht vorstellen, dass Albert das gerne hätte. Ich selbst habe mich noch nie auf ihn gesetzt, das würde ich mir nicht verzeihen, dazu achte ich ihn als Persönlichkeit viel zu hoch. – Da brauchen Sie gar nicht so zu grinsen! Ich habe Ihnen Alberts Geschichte doch erzählt. Albert ist etwas Besonderes, kein normaler Stuhl. Ich versuche seit Wochen, sein Vertrauen zu gewinnen, und Sie sind derart unsensibel. Also wirklich! Kommen Sie, wir gehen wieder ins andere Zimmer, und … ja, entschuldigen Sie, dass ich gerade etwas heftig geworden bin. Aber auch wenn Sie alles, was ich Ihnen vorhin erzählt habe, für Mumpitz halten, so ist die Geschichte doch wahr und hat für mich eine große Bedeutung. Wenn Sie keinen Sinn dafür haben, lassen Sie uns lieber von etwas anderem reden. – Sie müssen ohnehin jetzt gehen, sagen Sie? Aber bitte nicht deswegen! – Wirklich nicht? Na gut, dann auf Wiedersehen, Herr Skepinski, wir telefonieren miteinander!

*

So, Albert, der ist weg. Na, was sagst du dazu? Wollte sich einfach auf dich setzen, der Kerl! Was er sich wohl dabei gedacht hat? Da erzähle ich ihm die ganze Geschichte, und er …! Am Ende hätte ich gar nicht darüber sprechen sollen, was meinst du? Hast du sein debiles Grinsen gesehen? Sollte wohl überlegen wirken. Ich hätte wirklich gedacht, dass er ein bisschen mehr begreifen kann, als dass eins und eins zwei ist. Wie man sich doch in einem Menschen täuschen kann. Weißt du, Albert, ich kann mich jetzt richtig ärgern, dass ich ihm diese Sache überhaupt erzählt habe. Eigentlich geht sie doch nur uns beide an. – Ach was! Ich schenke mir jetzt noch einen Wein ein, und dann denken wir zwei an etwas anderes, nicht wahr? …

Nach einer Weile ist mein Glas halb leer. Ich bemerke, dass sich in Alberts Richtung etwas bewegt, und schaue von meinem Buch auf. Ganz allmählich streckt er seine vorderen Beine aus und schlägt sie übereinander. Dann beginnt er langsam und regelmäßig auf den beiden hinteren hin und her zu wippen.

Ich sehe ihm zu, und für einen kurzen Moment steht mir das Herz still vor Freude und Glück. Dann nehme ich noch einen Schluck Wein und sage zu Albert: Du hast ja recht, wir lassen uns den Abend nicht verderben, von allen Skepinskis der Welt nicht!

Der Roman

Alfonso Ribeira drückte dem Hotelpagen, als dieser die Koffer abgestellt hatte, ein Trinkgeld in die Hand, worauf der sich mit einem ›Merci, Monsieur‹ verabschiedete. Ribeira zog ein silbernes Etui aus der Tasche seines gutgeschnittenen Jacketts, seine schlanken gebräunten Finger fischten eine Zigarette heraus, die er mit den Zündhölzern, die auf einem Tischchen für die Gäste bereit lagen, anzündete. Dann trat er zu dem hohen Fenster, öffnete es, schnippte mit einer lässigen Bewegung das abgebrannte Streichholz hinaus und blickte hinunter auf das Gewimmel des Platzes, hinter dem das endlose Häusermeer von Paris sich im flirrenden Licht des Sommertags bis zum Horizont erstreckte.

Das Zimmer hätte gar nicht günstiger liegen können. Schräg gegenüber, im rechten Winkel zur Hotelfassade, befand sich das Kongressgebäude, dessen Eingang keine vierzig Meter entfernt und gut einzusehen war. Die Hotelfront lag jetzt im Schatten, während der Eingang zum Kongresszentrum, von den Strahlen der Nachmittagssonne beschienen, in helles Licht getaucht war. So würde es auch morgen sein, wenn der Kongress eröffnet wird und die Ehrengäste aus ihren Limousinen steigen, um vor dem Eingang von den Protokollbeamten empfangen zu werden. Ribeira war sicher, dass er Hamid sofort erkennen würde, einen massigen Mann, der die meisten um Haupteslänge überragte und von dem er eine ganze Kollektion von Fotos neueren Datums, die ihn von verschiedenen Seiten und in verschiedenen Posen zeigten, von seinen Auftraggebern erhalten hatte.

Ribeira hatte beschlossen, nicht im Restaurant des Hotels zu Abend zu essen. Das Hotelpersonal würde man als erstes befragen, und je weniger Angestellte ihn hier sahen, umso besser war es. Er durchquerte zügig die Hotelhalle, die den etwas angestaubten Charme der Belle Époque mit Würde zur Schau stellte, machte einen kleinen Spaziergang, fand ein Restaurant, das ihm zusagte, besuchte nach dem Essen noch eine Bar, in der spärlich bekleidete Frauen in farbigem Bühnenlicht zu leiser Musik träge Bewegungen machten, und ging dann ins Hotel zurück, wo er sich bald schlafen legte.

Am anderen Tag brachte er nach dem Frühstück die Gepäckstücke, die er bei seiner unmittelbar nach der Aktion geplanten Abreise mitnehmen wollte, in ein Schließfach des nahe gelegenen Bahnhofs. Gegen Mittag baute er das Gewehr zusammen, dessen Teile er in einem separaten Handkoffer mitgebracht hatte. Dann schob er einen Tisch ans Fenster und probierte mit aufgestütztem Ellenbogen, in welcher Stellung er am besten einen sicheren Schuss abgeben könnte. Er montierte das Zielfernrohr auf das Gewehr und visierte zur Probe den Eingang des Kongresszentrums an.

*

Als der Text bis zu dieser Stelle geschrieben war, hatte sich am Himmel über einer mittelgroßen Industriestadt Deutschlands eine Wolkenlücke aufgetan, durch die ein Sonnenstrahl einem Autor, der im dritten Stockwerk eines älteren Backsteinhauses vor dem Bildschirm saß, direkt ins Gesicht schien. Gerd Schreiber hatte gerade eine Passage seines neuen Romans in den Computer getippt, blinzelte geblendet, reckte sich und drehte dabei den Kopf ein paarmal hin und her, um die Steifheit in Schultern und Nacken zu lockern.

Er sah erst aus dem Fenster und dann auf die Uhr. Es war halb vier. Bis jetzt war er mit der Arbeit ganz gut vorangekommen, und da er wusste, dass er sowieso wieder bis in die Nacht hinein an der Tastatur sitzen würde, dachte er, dass er sich nun erst einmal etwas Bewegung und frische Luft gönnen sollte. Er sicherte die Datei, an der er gearbeitet hatte, nahm sein Jackett und verließ die Wohnung.

Von dem Sonnenstrahl, der sich vorhin in sein Zimmer verirrt hatte, war inzwischen nichts mehr zu sehen, der Himmel zeigte wie zuvor ein einheitliches Grau. Während er durch die Platanenallee ging, überlegte Gerd Schreiber, dass es möglich sein müsse, das Romanmanuskript in der kommenden Woche fertigzustellen und abzuschicken. Dann könnte die nächste Rate des Honorars vielleicht schon zum Monatsende auf seinem Konto sein, das im Moment ziemlich abgeräumt war. Er kam zum Eingang des Parks und nahm den üblichen Weg um den Weiher, dessen Wasser gerade wegen irgendwelcher Säuberungs- oder Reparaturarbeiten abgelassen war. Andere Spaziergänger gab es nicht, nur ein mit Plastiktragetaschen bepackter Stadtstreicher suchte in den Papierkörben nach leeren Flaschen und Dosen.

Nach seiner Runde im Park hatte er keine Lust, sofort nach Hause zurückzugehen, sondern kehrte in einem kleinen Café ein, das er öfter besuchte. Die junge Frau hinter der Theke hatte er hier noch nie gesehen, sie musste neu sein, hatte schwarzes, schulterlanges Haar, dunkle Augen sowie einen gebräunten Teint. Als Gerd Schreiber sich einen Kaffee und ein Stück von dem Käsekuchen bestellte, den er in der Vitrine gesehen hatte, lächelte sie ihn mit blitzenden Augen an.

Er griff nach einer der auf einem Tischchen liegenden Zeitungen und folgte der jungen Frau, nachdem sie ihm das Bestellte gebracht hatte, über den Rand der Seite hinweg mit den Augen, wie sie mit wippendem roten Rock geschäftig hin und her ging, Tassen und Teller von einem Tisch räumte, ihn abwischte und hinter die Theke zurückkehrte. Gerd Schreiber war ein wenig ins Träumen geraten, und als er in den Spiegel blickte, der an der gegenüberliegenden Wand hing, sah er dort nicht sein eigenes Bild, sondern das eines dunkelhaarigen Mannes im hellen Leinenanzug, der sich gerade eine Zigarette zwischen die von einem Menjou-Bärtchen gekrönten Lippen steckte und niemand anders sein konnte als Alfonso Ribeira, Auftragsmörder, Weltenbummler und Frauenheld, der in den kleinen Spelunken und großen Hotels der alten wie der neuen Welt zu Hause war.

Draußen fuhr ein Lastwagen vorbei, und ein Zittern ging über den Spiegel. Das Bild Ribeiras verwandelte sich in das eines Mannes in kariertem Hemd und einem abgetragenen Cordjackett mit Lederflicken an den Ellenbogen, nachlässig gekämmtem Haar von einer undefinierbaren Farbe zwischen blond und grau und einem etwas teigigen Gesicht, dessen Blässe den Stubenhocker verriet. Gerd Schreiber seufzte. Warum schrieb er eigentlich immer nur Romane, anstatt einmal einen zu erleben?

Er wandte sich seinem Käsekuchen zu, blätterte in der Zeitung, trank seinen Kaffee und erntete, als er beim Bezahlen ein gutes Trinkgeld gab, noch einmal ein strahlendes Lächeln der dunkelhaarigen Schönheit.

Als er wieder durch die Allee nach Hause ging, war sein Schritt eine Spur elastischer als vorher, aber als er die Treppen zu seiner Wohnung schwungvoller als sonst hinaufstieg, geriet er schon im zweiten Stock in Atemnot und fing an zu schnaufen. Der Anblick der teilweise abgeblätterten Farbe im Treppenhaus holte ihn dann vollends in die Wirklichkeit zurück. In der Wohnung angekommen, setzte er sich gleich an den Computer, der noch eingeschaltet war, bewegte die Maus ein paar Mal hin und her, sodass der Bildschirm wieder hell wurde, und überlas das, was er zuletzt geschrieben hatte. Er überlegte eine Weile, dann begannen seine Finger, die Tastatur zu bearbeiten.

*

Den Gewehrkolben an der Wange pfiff Alfonso Ribeira mit einem Mal anerkennend durch die Zähne. Vor der Drehtür war eine dunkelhaarige langbeinige Frau aufgetaucht, die ein rotes Kleid mit schwingendem Rock trug. Sie sprach mit einem der Wachleute und warf den Kopf lachend in den Nacken. Als sie sich dabei etwas drehte, schien sie direkt zu Ri-

beiras Hotelfenster heraufzusehen, und er sah für einen Mo-
ment ihre weißen Zähne aufblitzen. Unwillkürlich richtete
er das Gewehr so aus, dass die Linien des Fadenkreuzes sich
genau zwischen ihren Augen trafen …

*

Gerd Schreiber hielt plötzlich inne. »Was schreib ich denn
da für einen Blödsinn?«, fragte er sich. »Das geht doch gar
nicht! Was soll diese Frau denn auf einmal da vor dem Eingang? Die passt ja überhaupt nicht in meinen Plot!« Er
überlegte eine Weile, ob es eine Möglichkeit gäbe, diese
neue Figur sinnvoll einzubauen, dann löschte er den gerade getippten Absatz.

»Nein, es würde alles nur durcheinanderbringen«, sagte
er zu sich selbst, dachte dabei an die Frau im Café, daran
wie aus dem Spiegelbild Ribeiras sein eigenes geworden
war, und meinte mit diesem Satz nicht nur den Roman, den
er gerade schrieb, sondern auch den, den er gerne erlebt
hätte.

Hundert Jahre Abführchip
Ein Dokument aus der Zukunft

Wenn wir heute, vom Ende des 22. auf die Irrungen des vergangenen 21. Jahrhunderts zurückblicken, erscheint es uns kaum begreiflich, wie in jener noch gar nicht so lange zurückliegenden Epoche die schädlichen Ausscheidungen des menschlichen Geistes das Leben des Einzelnen und das der Gesellschaft vergiftet haben.

Seit Jahrhunderten wurde die Geschichte der Menschheit von Aufständen, Umstürzen und Revolutionen geprägt, die Entwicklung des heranwachsenden Individuums von Auflehnung gegen die ältere Generation, das Miteinander der Geschlechter von Misstrauen und Eifersucht und das Verhältnis von Arbeitnehmern und Arbeitgebern von der Angst, dass eine Seite die andere übervorteilen könnte. Auf allen Gebieten war man von dem Streben erfüllt, andere zu beherrschen, sich selbst aber der Beherrschung durch andere zu entziehen. Die Ursache all dieser Phänomene waren Gedanken, die Menschen dazu verleiteten, utopische Vorstellungen und Forderungen zu entwickeln, anstatt produktiv und gemeinsam an der Verbesserung der bestehenden Weltverhältnisse zu arbeiten. Unser aufgeklärtes Zeitalter hat solche Gedanken als das zu betrachten gelernt, was sie tatsächlich sind: schädliche Ausscheidungsprodukte des menschlichen Gehirns.

In der zweiten Hälfte des 21. Jahrhunderts, als das Team von Professor Brainer den Abführchip entwickelte, waren die technischen und medizinischen Voraussetzungen für diese Erfindung längst gegeben: Man hatte Wirkungsweise und Funktionen des menschlichen Gehirns weitgehend erforscht, und die Fähigkeiten der damaligen Prozessor-Chips waren bereits auf einem hohen technischen Stand. So darf man sich heute fragen, warum nicht schon früher jemand darauf gekommen war, dass es möglich sein müsste, das Wissen beider Gebiete miteinander zu verbinden und in die Gehirnströme regelnd einzugreifen.

Abgesehen von der gewiss nicht immer einfachen Arbeit an den Details war das eigentlich Geniale an dieser Erfindung nicht ihre technische Realisierung, sondern – wie in solchen Fällen nur allzu oft – der gedankliche Ansatz, der die Richtung vorgab, die Forschungsenergien bündelte und damit erst die intensive Arbeit an dem Projekt möglich machte. Dieser Ansatz war von verblüffender Einfachheit. Brainer und sein Team übertrugen das Modell der menschlichen Verdauung auf das Gehirn und gingen davon aus, dass hier wie dort Energie zugeführt wird, die nicht vollständig verarbeitet werden kann, weshalb Abfallprodukte zurückbleiben. Es ist eine medizinische Binsenweisheit, dass, wenn sich der Körper der bei der Verdauung entstehenden schädlichen Stoffe nicht entledigen kann, unweigerlich eine Vergiftung eintritt.

Dass auch der menschliche Geist vergiftet werden kann, und zwar durch bestimmte Gedanken, ist ebenfalls seit langem bekannt, und es hatte in der Vergangenheit die

verschiedensten Lösungsversuche für dieses Problem gegeben. Die frühesten bekannten Methoden beschränkten
sich zunächst darauf, durch Verbote ausschließlich die
Verbreitung solcher Gedanken zu verhindern – gegen ihre
Entstehung gibt es auch bis heute noch kein Mittel. Der
Eindämmung schädlichen Denkens durch individual- und
sozialpädagogische Maßnahmen sowie durch die überaus
zeitaufwändige psychotherapeutische Einzelbehandlung
war nur ein sehr begrenzter Erfolg beschieden, und die
später eingesetzten Psychopharmaka zeigten schädliche
Nebenwirkungen, indem sie die Gedanken insgesamt
dämpften und nicht zwischen erwünschten und uner-
wünschten Gedanken unterscheiden konnten. Allen Methoden früherer Epochen aber war eines gemeinsam: Ob
nun die Weitergabe des toxischen Gedankenmaterials an
andere verhindert oder ob es im Gehirn des einzelnen un-
terdrückt wurde – letztendlich *verblieb* es in den Köpfen
der Menschen. Dort konnte es jederzeit unkontrolliert an-
wachsen oder auch an andere weitergegeben werden, was
die bekannten schädlichen Wirkungen für Individuum
und Gesellschaft zeitigte.

Hier verfolgten nun Professor Brainer und sein Team,
ausgehend vom Modell des menschlichen Verdauungsap-
parates, einen gänzlich anderen Weg, an dessen Ende
schließlich der Abführchip stand, der seit der Verabschie-
dung der zweiten Novelle zum Gedankenhygienegesetz jedem Kind schon im Alter von vier Jahren ins Gehirn im-
plantiert wird. Dieser Chip filtert – wie wir alle wissen –
toxische Gedanken mit einer so hohen Verarbeitungsge-

schwindigkeit aus dem Gehirn, dass sie unser Bewusstsein erst gar nicht erreichen, und speichert sie, bis wir Gelegenheit haben, den Chip zu entladen. Dies geschieht nun traditionellerweise auf der Toilette. Hier treffen sich also das Verdauungsmodell, das ja Pate stand für den Abführchip, und die moderne Gedankenhygiene. Auf allen öffentlichen und privaten Toiletten hängen heute, wie jeder weiß, die bekannten blauen Kästen, in die man die Plastikkarte mit seinem persönlichen Chip-Code steckt, um damit den Entladevorgang zu starten, der meist nicht mehr als drei Minuten dauert und bei dem der Chip das toxische Material an den Gedankenschredder des blauen Kastens sendet. Über den Personencode des Chips kann kontrolliert werden, ob jeder die Einrichtung regelmäßig in Anspruch nimmt. Die Verbindung mit dem ohnehin notwendigen Toilettengang verhindert zusätzlich, dass der Volkswirtschaft durch das Entladen produktive Zeit verloren geht.

Eine Darstellung der Geschichte des Abführchips wäre unvollständig, wollte man die zum Teil mit großer Leidenschaft geführten öffentlichen Diskussionen übergehen, die seiner Einführung vorausgingen. Um diese Auseinandersetzungen zu verstehen, muss man wissen, dass in der Gesellschaft des 21. Jahrhunderts noch das Bewusstsein lebte, dass die individuellen Rechte des Menschen in einem langen, von manchen Rückschlägen begleiteten Prozess den jeweils herrschenden Obrigkeiten erst nach und nach und gegen große Widerstände abgetrotzt worden waren. Daraus resultierte in jener Zeit eine zum Teil skurrile Überbewertung dieser Individualrechte.

So war zum Beispiel schon die reine *Einsicht* von staatlichen und gesellschaftlichen Instanzen in persönliche Daten des Individuums einschränkenden Regeln unterworfen; weitaus strenger noch war die *Nutzung* dieser Daten reglementiert. Einen überaus hohen Stellenwert maß man auch der sogenannten *Freiheit des Denkens* zu. Die Gedanken eines Menschen ohne dessen Zustimmung zu erforschen oder gar zu beeinflussen, war mit einem absoluten Tabu belegt – gerade so, als wolle man einem Arzt verbieten, den Patienten anzufassen.

Vor diesem Hintergrund kann man sich leicht vorstellen, dass schon erste Nachrichten über die Arbeiten des Brainer'schen Teams ablehnende Kommentare in manchen Medien hervorriefen. Als Brainer dann die Ergebnisse seiner Forschungen bekanntgab und dabei einer staunenden Öffentlichkeit auch die an einigen Freiwilligen erzielten Erfolge vorstellte, brach ein Sturm der Entrüstung los. Die Diskussionen über dieses, doch im Grunde wissenschaftliche, Thema wurden zum Teil mit verbissener Engstirnigkeit geführt. Die Fraktion der »Kämpfer für Gedankenfreiheit« tat sich besonders hervor, verteidigte in fundamentalistischer Weise die bestehenden Tabus und schreckte auch vor Anschlägen auf die Brainer'schen Forschungslabors nicht zurück. Doch hatte gerade die Radikalisierung der extremen Gegner des Projekts zur Folge, dass gemäßigtere Kreise, um sich von den Randalierern abzugrenzen, die argumentative Auseinandersetzung suchten, was die Diskussionen schließlich versachlichte.

Im weiteren Verlauf rückten weltanschauliche Vorbehalte so weit in den Hintergrund, das es bald nicht mehr darum ging, ob man *überhaupt* auf die im Projekt vorgesehene Weise in das menschliche Gehirn eingreifen dürfe, sondern darum, *unter welchen Bedingungen es erlaubt werden könne*, wobei die Frage, auf die sich die Diskussionen am Ende fokussierten, die war, welche Gedanken denn als toxisch zu klassifizieren seien und wer eine solche Klassifizierung vornehmen solle. Fast als zwangsläufige Folge dieser Fragestellung wurde die Einrichtung einer Expertenkommission gefordert, die das Thema von verschiedenen Seiten zu beleuchten imstande sei. Die Kirchen, die dem Projekt bis dahin noch ablehnend gegenübergestanden hatten, gaben daraufhin ihren Widerstand auf, sagten ihre Mitarbeit in der zu gründenden Kommission zu und konnten auf diese Weise ihre während vieler Jahrhunderte gesammelten Erfahrungen mit der Bewertung und Unterdrückung von Gedanken in das Projekt einbringen.

Das von der Kommission erarbeitete Grundlagenpapier war natürlich noch stark vom Geist jener Zeit geprägt. Andernfalls wäre es nicht möglich gewesen, dass seine Inhalte – wie dann geschehen – mit nur geringen Änderungen das Parlament passieren und Gesetzeskraft erlangen konnten. So wurde schließlich nur eine aus heutiger Sicht lächerlich kleine Liste von Gedankeninhalten als schädlich eingestuft. Gleichzeitig enthielt das Gesetz eine Reihe von Auflagen und Einschränkungen. So durften damals die als toxisch ausgefilterten Gedanken der

Menschen nur anonym und zu Forschungszwecken gelesen werden. Einblick in andere als die ausgefilterten Gedanken zu nehmen, war ganz untersagt. Auch erlaubte man, die Implantation des Abführchips zunächst nur an Erwachsenen durchzuführen und zwar ausschließlich auf freiwilliger Basis. Trotz dieser nun gesetzlich festgeschriebenen Behinderungen der weiteren Forschung und der beschränkenden Auflagen bei der Implantation wuchs die Zahl der Menschen, die die Annehmlichkeiten eines konfliktfreien Alltags durch den Chip zu schätzen wussten, schnell an. Dazu mag beigetragen haben, dass es in der Wirtschaft, wo die Erfindung von Beginn an mit großem Interesse verfolgt worden war, üblich wurde, bei Neueinstellungen solche Bewerber zu bevorzugen, die bereits über den Chip verfügten.

Die Kommission für Gedankenhygiene, kurz KfG genannt, wurde zur ständigen Einrichtung und arbeitet heute nicht nur an der weiteren Vervollständigung der Liste toxischer Gedankeninhalte, sondern passt auch die allgemeinen Bestimmungen der jeweils aktuellen gesellschaftlichen Entwicklung an. So hat man im Laufe der Zeit die meisten Einschränkungen aufgehoben, die der Effektivität der Anwendung, Weiterentwicklung und Verbreitung des Abführchips ursprünglich Grenzen gesetzt hatten. Die Implantation ist längst nicht mehr freiwillig, sie wurde allgemeine Pflicht, und seit man sie bereits an Kindern von vier Jahren vornimmt, hat sich die Disziplin in Kindergärten und Schulen deutlich verbessert. Auch pubertäre und Adoleszenzkonflikte treten kaum mehr auf.

Die Chips der neuen Generation werden während des Entladens automatisch mit Programmupdates versehen, sodass jeder Bürger immer auf dem neuesten Stand der Gedankenhygiene ist. Das lästige Austauschen von Implantaten bei Einführung neuer Chipprogramme gehört also der Vergangenheit an.

Wir können heute sagen, dass sich unsere Welt dank des Abführchips in den letzten hundert Jahren grundlegend verändert hat. Durch das Ausscheiden schädlicher Gedanken wurde nicht nur das Gehirn jedes einzelnen gereinigt und leistungsfähiger gemacht, gleichzeitig konnten damit auch eine Vielzahl anderer Bereiche der Gesellschaft von schädlichem Ballast befreit werden. Der moderne Mensch tut seine Arbeit mit Freude, Gegenstände der Unterhaltungsmedien sind nicht mehr menschliche Verirrungen sondern das harmonische Zusammenleben. Viele Konflikte, die die Menschen früherer Epochen belastet haben, sind verschwunden, und all die Energien, die man einst auf das Gegeneinander verschwendete, können wir heute in das Miteinander investieren. So ist unser Leben – dank des Abführchips – im Ganzen glücklicher und produktiver geworden.

Ein Abend mit Monsieur M.

Zuerst hätte ich ihn beinahe übersehen. Er war so dünn, als sei er eine aus Seidenpapier ausgeschnittene Silhouette, und schien etwas zerknittert. Als ich das Buch aufschlug, hatte er sich geräuspert und etwas Unverständliches gemurmelt. Da war ich auf ihn aufmerksam geworden.

Nachdem ich die ersten Zeilen gelesen hatte, erhob er sich langsam. Er sah erbärmlich aus, beinahe transparent, und schien nur noch ein Schatten seiner selbst zu sein. »Sie haben ja ewig nicht hereingeschaut«, meinte er vorwurfsvoll und streckte die steif gewordenen Glieder. Ich schwieg, weil ich nicht wusste, was ich ihm darauf hätte antworten können, aber als ich die erste Seite umblätterte und ihn wieder ansah, meinte ich, dass er schon nicht mehr ganz so durchsichtig wirkte, und nachdem ich ein paar Seiten gelesen hatte, konnte man sehen, wie er immer mehr an Volumen gewann. Irgendwann hatte er seinen Hut abgenommen und ihn, indem er mit der Faust ins Innere fuhr, in Form gebracht, denn auch der Hut war ganz flach zusammengedrückt gewesen.

Als ich dann am Ende des ersten Kapitels anlangte, war er wieder der massige Mann, den man kennt, und ging, während ich las, in seinem altmodischen Mantel mit dem Samtkragen, den steifen Hut auf dem Kopf und die unvermeidliche Pfeife im Mund, auf den unbedruckten Rändern der Buchseiten auf und ab. Ich wusste, dass er eines der Häuser auf der gegenüberliegenden Straßenseite beobachtete, in dem in der vergangenen Nacht ein Verbrechen begangen worden war.

Ohne dass ich es bemerkt hätte, war inzwischen am oberen Rand des Buches die Kulisse einer Häuserzeile aufgetaucht. Er verschwand durch die Glastür eines Bistros, blieb eine Weile unsichtbar, kam dann hinter der großen Scheibe, durch die man von der Straße in den Gastraum sehen konnte, wieder zum Vorschein, setzte sich so an einen der kleinen runden Marmortische, dass er die Straße im Auge behalten konnte, und ließ sich einen Weißwein bringen. In dem Augenblick, in dem er das beschlagene Glas ergriff und zum Mund führte, fasste auch ich nach meinem Glas und erhob es gegen ihn. Er antwortete mit einem angedeuteten Nicken, trank einen Schluck, setzte das Glas wieder ab, und ich tat desgleichen.

Im nächsten Kapitel traf ich ihn, wie er im Viertel von Haus zu Haus ging. Ich besuchte mit ihm schäbige Hotels und stieg knarrende Stiegen hoch, die zu Mansardenzimmern führten. Wir befragten Portiers, Zimmermädchen und Gäste. Wir gingen in Wohnhäuser, unterhielten uns mit der Concièrge und den Mietern und fragten in den Lebensmittelläden und Bistros, ob jemandem der Mann mit dem hellen Anzug aufgefallen sei. Wir besuchten eine Bar, die noch nicht geöffnet hatte, in der noch alle Stühle auf den Tischen standen und wo uns der Eigentümer mit dunkel umränderten Augen versicherte, er könne sich an keinen der Gäste vom vergangenen Abend erinnern.

Ein paar Seiten weiter wurden die Buchstaben des Textes zu einem rätselhaften Ornament, in dem ich bald ein Muster aus Straßen und Plätzen erkannte, in das ich wie aus der Vogelperspektive hineinschauen konnte. In einer kleinen Gasse erkannte ich die verdächtige Figur im hellen Anzug sowie eine massige Gestalt im dunklen Mantel, die ihr folgte und ihr stets auf den Fersen blieb. Ich sah, wie sich beide dann durch das Gewimmel der Boulevards schlängelten, beobachtete, dass der Verfolgte wieder in eine unbelebtere Nebenstraße einbog, im Gewirr kleiner Seitengassen, wo er sich offenbar gut auskannte, zeitweise verschwand und plötzlich an einer Kreuzung wieder auftauchte. Er ging nicht wie jemand, der ein bestimmtes Ziel hat, sondern schlenderte langsam um eine Ecke, beschleunigte seinen Schritt, sobald er sie passiert hatte, worauf er gleich wieder schnell in die nächste Straße einbog. So war er – ich konnte es aus meiner Perspektive gut sehen – schon ein paar Mal an derselben Stelle vorbeigekommen, doch immer blieb ihm die Gestalt mit dunklem Mantel und steifem Hut auf den Fersen. Sie schien nicht zu beabsichtigen den Verfolgten einzuholen und zu stellen, verbarg auch nicht, dass sie ihm folgte. Es sah eher aus wie ein Katz-und-Maus-Spiel. Der Verfolger schien zu hoffen, dass der Mann im hellen Anzug einen Fehler machen, vielleicht versuchen würde, seine Helfer oder Auftraggeber zu warnen, oder sich zu einer anderen Handlung hinreißen ließ, die einen Hinweis auf Motiv und Hintergrund des Verbrechens geben könnte.

Für diesmal konnte uns der Mann im hellen Anzug dann aber doch entwischen. Gerade als er – hart am Rand der Buchseite – in eine neue Nebengasse einbog, konnte ich nicht schnell genug umblättern. Als ich es getan hatte und die Seite glattstrich, war er verschwunden, und sein Verfolger, der kurz danach auf der neuen Seite ankam, sah mich vorwurfsvoll an, wandte sich um und ging langsam die stille Gasse zurück.

Im nächsten Kapitel begleitete ich den Kommissar – denn kein anderer als er war der Mann mit steifem Hut und dunklem Mantel –, wie er am anderen Morgen beim großen Chef zum Rapport musste. Der fragte natürlich nach dem Stand der Ermittlungen und ob es schon Ergebnisse gebe, mit denen er an die Öffentlichkeit gehen könne, aber der Befragte wollte nicht so recht mit der Sprache heraus und antwortete unbestimmt. Er war sich zwar sicher, dass der Mann im hellen Anzug auf irgendeine Weise in das Verbrechen verwickelt war, wusste aber, dass der bei einer vorzeitigen Verhaftung alles ableugnen würde, man ihn dann bald wieder laufen lassen müsste und seine Hintermänner erst einmal gewarnt wären.

Und so nahmen der Kommissar, seine beiden Inspektoren – und natürlich ich – auf den nächsten Seiten die Suche nach dem Mann im hellen Anzug wieder auf. Wir behielten die Lokale im Auge, von denen wir wussten, dass unser Mann dort einkehrte, und wo wir hofften, dass er sich mit seinen Komplizen treffen würde. Als ich zwischendurch einmal aufstehen musste, um eine neue Flasche Wein zu öffnen, und mich beim Kommissar entschuldigte, brummte er: »Gehen Sie ruhig, mein Lieber, wir behalten die Sache hier schon im Auge.«

So spielten wir uns gegenseitig eine Geschichte vor, von der wir beide wussten, wie sie weitergehen und wie sie enden würde.

Natürlich hatten sämtliche Streifenpolizisten die Beschreibung des Verdächtigen erhalten, und es gab verstärkte Patrouillien auf den Bahnhöfen, denn man rechnete auch mit der Möglichkeit, dass unser Mann Paris verlassen und sich vielleicht sogar ins Ausland absetzen würde. Dass er das nicht tat, hatte, wie sich bald herausstellte, einen sehr einfachen Grund: Das Geld war ihm ausgegangen. Wie ein Polizist berichtete, hatte er den Wirt eines kleinen Bistros angepumpt. Der Betrag, den er bekommen hatte, würde nicht lange reichen, sodass er nun immer verzweifelter versuchen musste, Kontakt mit seinen Geldgebern aufzunemen. Dadurch kamen wir ihm wieder auf die Spur. Er strich stets um die gleichen paar Lokale herum, wo er aber offenbar niemanden traf, an den er sich wenden konnte. Wahrscheinlich hatten seine Hintermänner längst mitbekommen, dass die Polizei ihn nicht aus den Augen ließ, und wollten nichts riskieren.

Da entschloss sich der Kommissar, ihn festzunehmen. Es war deutlich zu erkennen, dass die ständige Verfolgung, die unseren Mann zu immer neuen Finten zwang, an seinen Nerven zerrte. Das anschließende Verhör würde ein Übriges tun, ihm ein Geständnis zu entlocken. Man zog also den Kreis enger, und was bisher ein Spiel gewesen war, wurde nun ernst. Die Verfolger rückten immer näher, sodass es dem Flüchtigen immer unmöglicher wurde, sie abzuschütteln. Als er dann wie in einer letzten Kraftanstrengung von einer linken auf die gegenüberliegende rechte Buchseite springen wollte, geriet ihm der Sprung zu kurz, er stolperte und fiel zwischen die sich wölbenden Blätter, worauf sich die beiden Inspektoren auf ihn stürzten und ihm Handschellen anlegten.

Auf den letzten Buchseiten traf ich den Kommissar dann im Verhörzimmer. Er hatte sein Jackett abgelegt, paffte in Hemdsärmeln aus seiner Pfeife blaue Wolken ins Zimmer und blätterte in einer Mappe mit Papieren, ohne den Mann zu beachten, der in seinem, von Nahem besehen, reichlich ramponierten hellen Anzug mit bleichem Gesicht vor ihm auf dem Stuhl saß, nervös hin- und herrutschte und seine von Nikotin gelb gewordenen Finger nicht ruhig halten konnte. Als der Kommissar die ersten Fragen stellte, versuchte der Verhaftete zunächst, den Ahnungslosen zu spielen, und beantwortete keine Fragen außer denen zu seiner Person. Aber genau über diesen Punkt hatte der Kommissar in der Kartei des Hauses inzwischen Antworten gefunden, die nicht mit denen übereinstimmten, die der Mann ihm gab und auch nicht in dem Pass standen, den dieser vorgelegt hatte.

So nahm das Verhör gleich zu Beginnn einen anderen Verlauf, als der Mann im hellen Anzug gedacht hatte. Er machte ein paar schwache Versuche, alles als einen Irrtum darzustellen, verwickelte sich dabei in weitere Widersprüche und war schließlich mit seinen Nerven so am Ende, dass er ein volles Geständnis ablegte.

Nachdem der Verhaftete in eine Zelle geführt worden war, stopfte der Kommissar seine Pfeife neu, zog Jackett und Mantel an, setzte den steifen Hut auf und verließ sein Büro. Ich ging noch eine ganze Weile neben ihm her, während er blaue Wolken ausstieß, und wäre gern mit ihm in ein Lokal eingekehrt, um ein wenig über diesen Fall, an dem wir ja sozusagen beide zusammen gearbeitet hatten, zu diskutieren. Aber er schien dazu keine Lust zu haben, kam mir jetzt abgespannt und müde vor und ließ sich nicht auf ein Gespräch ein.

Schließlich klopfte er die Pfeife aus, steckte sie in die Tasche seines Mantels, nahm den Hut ab, legte sich auf die Buchseite und sagte zu mir: »Und lassen Sie sich mal wieder sehen, mein Bester!«

»Mais oui, Monsieur Maigret«, erwiderte ich. Dann schloss ich vorsichtig das Buch.

Hinter der Scheibe

Er verlässt die Wohnung meistens eine Viertelstunde früher als sie. Ich kann ihn durch das Glas deutlich sehen, aber er schaut kaum jemals zu mir herüber. Gewöhnlich ist er in Eile, nimmt die Jacke vom Garderobenständer, greift nach dem Autoschlüssel, der auf dem Dielenschränkchen liegt und küsst sie, die aus der Küche gekommen ist, um ihn zu verabschieden, flüchtig auf den Mund. Sie schließt die Wohnungstür, von deren Türblatt ich nur, wenn sie geöffnet ist, ein Stück sehe, und das nun aus meinem Blick verschwindet. Sie geht nach rechts zurück in die Küche, in die ich von meinem Standpunkt aus nicht hineinschauen kann. Mein Blickfeld umfasst die gegenüberliegende Wand der Diele mit der Tür zum Badezimmer, auf die links nach einigem Abstand die Schlafzimmertür folgt, die für mich gerade noch zur Hälfte zu sehen ist.

Nach einer Weile taucht sie, von rechts kommend, wieder auf, geht ins Bad, kämmt sich bei offener Tür vor dem Spiegel über dem Waschbecken und hantiert anschließend mit den Schminkutensilien. Wenig später zieht sie ihre Jacke über und nimmt sich ihre Handtasche. Bevor sie zur Tür geht, versäumt sie – ganz im Gegensatz zu ihm – nie, in meine Richtung zu schauen, hält dabei auch manchmal einen Moment inne und macht eine halbe Körperdrehung, während sie zu mir hersieht. Hat auch sie die Wohnung

verlassen, ist für Stunden nur die gegenüberliegende Die-
lenwand mit der halben Schlafzimmertür und der Tür zum
Badezimmer zu sehen, die sie meist offen lässt. Allein die
Veränderung der Farbe des Lichts und das Wandern der
Schatten zeigen das Vergehen der Zeit an.

Sie kommt irgendwann am fortgeschrittenen Nachmittag wieder und hat meist eine oder zwei Einkaufstüten dabei. Gewöhnlich geht sie damit zuerst in Richtung Küche,
erscheint nach einer Weile erneut, um die Schuhe auszu-
ziehen und die Jacke aufzuhängen. Dann bleibt sie oft vor
der Scheibe stehen, fährt sich dabei manchmal mit beiden
Händen über Schläfen und Wangen, und ich sehe in ihr
Gesicht, als sei es ganz nahe vor mir.

Vor einiger Zeit hat sie vom Einkaufen ein neues Kleid
mitgebracht, das sie gleich in der Diele anprobierte, sich
damit vor mich stellte und sich darin hin und her drehte,
sodass ich sie von allen Seiten bewundern konnte. Wahrscheinlich haben sie im Schlafzimmer keinen Spiegel, in
dem man sich ganz sehen kann. Das Kleid war eng anlie-
gend, ärmellos, mit rundem Halsausschnitt und endete
knapp über dem Knie. Sein kräftiger Türkiston harmonierte ideal mit ihrem kastanienbraunen, je nach Beleuchtung ins Rötliche spielenden Haar. Es stand ihr ausge-
zeichnet, sie hat schließlich eine gute Figur, schlank,
vielleicht mit einer kleinen Neigung zum Molligen, und
kann eigentlich alles tragen.

So oft sie von einem der anderen Räume ins Bad oder
Schlafzimmer oder auch zur Haustür geht, kommt sie an
mir vorbei. Ich sehe sie mal im Profil, mal en face und be-

obachte ihre Bewegungen und den Ausdruck ihres Gesichts. Mal wirkt sie gelassen, mal nervös, dann wieder beschwingt und heiter, mal gehetzt und fahrig, mal müde und abgespannt. Wenn sie, wie es manchmal geschieht, vor mir stehen bleibt, ihr Gesicht dem Glas nähert und sich forschend betrachtet, kann ich die kleinen, noch kaum sichtbaren Spuren erkennen, die die Zeit in ihren Zügen hinterlassen hat – feine Fältchen um Augen und Mund –, die ich nie ohne eine gewisse Rührung anschaue.

*

Vor ein paar Tagen hat es wohl irgendeinen Anlass zum Feiern gegeben, denn die Wohnung war abends voller Gäste. Ich habe nicht mitgezählt, wie viele an mir vorbeikamen, ehe sie in Richtung Wohnzimmer oder Küche verschwanden, aber es müssen ziemlich viele gewesen sein, denn bald gab es auch in der Diele Grüppchen von Leuten mit Gläsern oder Tellern in den Händen. Dazwischen tauchten immer wieder die Gastgeber auf. Sie hatte das neue türkisfarbene Kleid an und sah besser aus als alle Besucherinnen zusammen, obwohl manche deutlich mehr Aufwand mit Kleidung und Frisur getrieben hatten.

Später wurde in der Diele getanzt. Zuerst waren es schnelle Stücke, bei denen man sich bewegte, ohne sich zu berühren. Sie war unter den Tanzenden, und es machte Spaß, ihr zuzuschauen, wie sie sich drehte, in die Hände klatschte und die Arme dabei über den Kopf hob, sodass man ihre Achselhöhlen sah. Ich hatte sie noch nie so gelöst und fröhlich gesehen.

Er nahm am Tanzen nicht teil. Ich sah ihn, wenn er sich in meinem Blickfeld aufhielt, meist im Gespräch mit anderen Männern, und wenn er zu ihr hinübersah, lächelte er nachsichtig, wie jemand, der stolz auf sein etwas zu temperamentvolles Kind ist.

Wie der Abend fortschritt, waren die Tanzenden zu langsameren Stücken übergegangen. Einer der Gäste hatte herausgefunden, dass der Schalter der Dielenlampe mit einem Dimmer ausgerüstet war, und ihn soweit zurückgedreht, dass die Paare, die noch übrig waren, sich nun in stimmungsvollem Dämmerlicht bewegten.

Auch sie gehörte zu denen, die weiter tanzten. Ihr Partner war ein schlanker junger Mann mit einem sorgsam gestutzten dunklen Bart. Das Paar hatte sich schon bald nachdem man zu tanzen begonnen hatte, gefunden, und das Zusammenspiel ihrer Bewegungen harmonierte aufs Beste. Diese Harmonie schien auch dann noch perfekt, als die Musik langsamer und die tänzerischen Anforderungen geringer wurden, die Paare sich eng umfasst hielten und nur noch ab und zu von einem Bein aufs andere traten.

Als dann er, unerwartet vom Wohnzimmer kommend, dem Badezimmer zustrebte, sah er sie im Halbdunkel engumschlungen und Wange an Wange mit dem bärtigen jungen Mann tanzen. Nun hatte er kein nachsichtiges Lächeln mehr für das Paar, seine Züge wurden steinern, und anstatt den Tanzenden auszuweichen, ging er direkt auf die Tür zu und stieß die beiden in sich Versunkenen so hart an, dass sie auseinanderfuhren: sie stolperte und wäre gestürzt, hätte ihr Tanzpartner sie nicht aufgefangen. Er aber verschwand, ohne sich umzusehen, im Bad.

Der junge Mann mit dem dunklen Bart fürchtete wohl einen weiteren Zusammenstoß mit dem Gastgeber, sagte irgendetwas zu ihr und bewegte sich in Richtung Wohnungstür. Sie aber zog ihn zurück. In ihren Zügen malte sich Trotz, und in ihren Augen glommen zwei Funken Wut, als sie die Arme um den Hals des jungen Mannes schlang, mit den Händen seinen Kopf zu ihrem Gesicht herabbog und sich an seinem Mund festsaugte. Erst einmal überrumpelt, ließ er es mit herunterhängenden Armen geschehen, dann suchte er einen Halt, umfasste ihre Taille, wo seine Hände dann – dem Gesetz der Schwerkraft folgend – langsam herunterrutschten und auf den Wölbungen ihrer Pobacken Halt fanden.

In dieser Stellung standen die beiden noch, als sich die Badezimmertür öffnete und der Gastgeber wieder herauskam, die Szene aus dem Augenwinkel heraus erfasste und mit verächtlich verzogenem Mund und ohne das Paar eines weiteren Blickes zu würdigen, wieder ins Wohnzimmer zurückging. Unterdessen spielte die Musik weiter, und die Tanzenden, die bis jetzt ausgehalten hatten, klammerten sich aneinander wie zuvor. Als sich eine Weile später eine Gruppe Gäste verabschiedete, schlossen sich andere an und bald hatte sich das Fest aufgelöst. Dem jungen Mann, dem es zunehmend unbehaglich geworden war, gelang es während des allgemeinen Aufbruchs zu verschwinden, ohne sich vom Gastgeber zu verabschieden.

*

Am anderen Tag, es war ein Sonntag, regte sich lange nichts in der Wohnung. Die letzten Gäste waren erst um zwei gegangen. Schließlich kam sie gegen Mittag im Morgenmantel aus dem Schlafzimmer, ging zunächst ins Bad und dann in die Küche. Später ist auch er aufgestanden und verschwand in Richtung Wohnzimmertür. Sie ging von der Küche ins Schlafzimmer und kam angezogen und mit dem Staubsauger in die Diele. Nach dem Teppichboden war ich dran, wurde erst mit einem feuchten Tuch abgewischt und dann mit dem Fensterleder bearbeitet. Ein Fleck hatte dem Wischtuch widerstanden. Da beugte sie den Kopf vor, um noch näher an die Scheibe zu kommen, öffnete die Lippen und hauchte auf mein Glas, sodass mir ganz warm in meiner Silberschicht wurde.

Es scheint mir jetzt, dass ich sie gestern auf dem Fest erst richtig kennengelernt habe. Von ihrem Temperament, ihrer spontanen Lebensfreude beim Tanzen, ihrem Willen zur Unabhängikeit, ihrer Fähigkeit zur Leidenschaft wusste ich bis dahin nichts und bin nun faszinierter von ihr als je. Es lässt sich wohl nicht leugnen, dass ich mich in das Bild dieser Frau vor meiner Scheibe ein bisschen verguckt habe, was unsereiner nicht tun sollte, weil es zu nichts Gutem führt.

Der Badezimmerspiegel, mit dem ich mich manchmal unterhalte, wenn wir allein sind, hat offenbar gemerkt, was mit mir los ist, und versuchte, mir ins Gewisssen zu reden. »Wir dürfen uns von den Bildern da draußen nicht beherrschen lassen. Sie gehen uns nichts an«, meinte er. »Man weiß doch, dass sie nur Vorspiegelungen und gar nicht wirklich sind. Die wirkliche Welt ist hier bei uns hinterm Glas.«

Ich weiß ja, dass er im Grunde recht hat. Aber wie arm wäre denn die Wirklichkeit hier hinter unseren Scheiben ohne die Bilder davor? Für ihre Entstehung sind, soviel ich weiß, verschiedene Theorien in Umlauf, aber auch wenn sie nur Sinnestäuschungen sind, gehören sie doch zu uns, sind Teil unseres Wahrnehmungsspektrums und – zumindest als optische Phänomene – real.

Wäre es nicht einmal ein Gedankenspiel wert, die Sache einfach umzudrehen und zu fragen: Was wäre denn, wenn die Bilder da draußen die wirkliche Welt wären und wir nur körperlose Zaungäste, die in diese Welt hineinschauten? Ich habe es noch nie fertiggebracht, die Figuren, deren Bilder auf der Oberfläche meines Glases erscheinen, ganz ohne Anteilnahme zu betrachten, und male mir gern aus, dass sie ähnliche Gefühle haben wie wir. Aber wenn man, wie der Kollege im Badezimmer, kaum über die eigene Scheibe hinausschauen und sich aus Mangel an Fantasie nicht in andere hineinversetzen kann, ist man natürlich auch unempfindlich für die Faszination der Bilder, die auf unserem Glas erscheinen, sich dort bewegen, wieder verschwinden und sich immer wieder neu zusammensetzen, so als wären sie wirklich.

*

Dass die beiden sich schon am Tag nach dem Fest aus dem Weg gegangen sind, habe ich zuerst gar nicht registriert. Sie hatten nicht viel Schlaf gehabt und vielleicht auch ein bisschen zu viel getrunken. Am Montag allerdings fiel mir auf, dass sie ihn nicht zur Tür begleitete, als er aus der Wohnung ging. Er war allein und schlug die Tür krachend hinter sich zu.

Seither ist die Atmosphäre in der Wohnung aufs Äußerste angespannt. Er scheint den Vorfall auf dem Fest zum Anlass genommen zu haben, sie durch strikte Nichtbeachtung zu demütigen. Meist sehen sie sich kaum an, wenn sie aneinander vorbeigehen. Geht eines von ihnen in die Küche, um sich etwas zu essen zuzubereiten oder Kaffee zu kochen, wartet das andere bis die Küche frei ist und geht erst dann hinein. Den Kaffee oder das Essen trägt dann jedes in »sein« Zimmer, denn sie benutzen das Schlafzimmer nicht mehr gemeinsam. Er ist mit seinem Bettzeug ins Wohnzimmer gezogen und sie scheint im Schlafzimmer zu »wohnen«.

Aus kleinen Gesten von ihrer Seite schließe ich, dass sie die Situation gerne klären möchte und eine Aussprache sucht, aber er bleibt unnahbar und schroff, übersieht konsequent all ihre Annäherungsversuche, sodass sie nicht anders kann, als sich in ihren Trotz zu flüchten, wodurch sich die Situation zunehmend verfestigt.

Dass sich bei solcher Lebensweise Aggressionen aufbauen, ist logisch und nicht zu vermeiden. Er wird immer verbitterter, steigert sich mehr und mehr in seine Eifersucht und den Willen, sie zu bestrafen, hinein, während sie mir immer unglücklicher erscheint. So kommt es jetzt häufig vor, dass ein kleiner Anlass, ein falsches Wort, ein Überschreiten der unsichtbar durch die Wohnung verlaufenden Demarkationslinien zu heftigen Disputen führt, die in gegenseitigem Anschreien gipfeln und damit enden, dass jedes in seinem Zimmer verschwindet und Türen zugeknallt werden, sodass mein Glas zittert.

Vielleicht bin ich ja ein wenig parteiisch, aber ich glaube, wenn er ihr nur ein kleines bisschen entgegenkäme, ließe sich der Konflikt lösen, denn ich bin sicher, sie ist längst dazu bereit. Ich beobachte, dass sie viel stärker unter der Situation leidet als er, der statt auf Annäherung auf Eskalation aus zu sein scheint und sie damit umso tiefer in ihren Trotz hineintreibt. Er entwickelt ausgesprochen tyrannische Züge, stößt sie zum Beispiel zur Seite, wenn sie ins Bad will, und verschafft sich so den Vortritt. Einmal hat er sogar ihren Schlüsselbund aus der Handtasche, die am Garderobenständer hing, genommen und die Wohnung hinter sich abgeschlossen, als er fortging.

Wie diese Wesen, die doch nur Erscheinungen sind, die als bunte Schatten über unsere Scheiben hinwegziehen, so nachtragend sein können, ist mir unverständlich. Wissen sie denn gar nicht, wie flüchtig ihre Existenz ist?

Ich kann nicht sagen, wie oft sie in der letzten Zeit mit verweinten Augen vor mir stand. Bei den verzweifelten Blicken, die sie meinem Glas dabei anvertraut hat, war mir jedes Mal zumute, als müsste ich einen Sprung bekommen. Aber das darf ich natürlich nicht! Niemals könnte ich es über mich bringen, sie ihr eigenes Bild durch einen Sprung geteilt sehen zu lassen.

Hin und wieder erschrecke ich über mich selbst wegen all der Gedanken und Überlegungen, die ich über sie und ihn anstelle. Bin ich nicht schon viel zu tief in die Schicksale der Bilder auf meiner Scheibe verstrickt, als es für mich gut ist? Sollte ich nicht einen neutralen Standpunkt einnehmen, wie es sich für einen Spiegel gehört? Doch während ich dies noch denke, weiß ich auch schon, dass ich mich nicht mehr von ihnen lösen kann, dass mein Schicksal inzwischen untrennbar mit dem dieses unseligen Paares verknüpft ist, und meine Gedanken suchen nach einem Weg, wie ich vor allem ihr aus dieser bedauernswerten Lage heraushelfen kann.

Doch immer wieder muss ich Situationen mit ansehen, die mir zeigen, wie tief das Zerwürfnis ist und wie fern eine Lösung. Gerade jetzt ist wieder irgendetwas geschehen, beide schreien sich an, sie will ganz offensichtlich die Szene beenden und schnell ins Schlafzimmer verschwinden, doch er greift nach ihrer Hand und zieht sie grob zu sich her. Ich sehe, dass ihr Gesicht sich dabei schmerzhaft verzerrt, er tut ihr weh. Trotzdem stemmt sie sich seiner Bewegung entgegen, beide kommen in der Mitte der Diele zum Stehen. Sein Rücken zeigt jetzt zu mir und verdeckt mir den Blick auf ihr Gesicht. Er hält sie mit der linken Hand immer noch fest und redete wütend auf sie ein. Als er seine Rechte hebt und zum Schlag ausholt, macht er dabei eine halbe Drehung, sodass ich die Angst in ihren Augen sehe. Eine plötzlich aufwachsende Spannung, die ich nicht unterdrücken kann, breitet sich über meine ganze Fläche aus, wird immer stärker, schon spüre ich ein von unerträglichen Schmerzen begleitetes Knistern. Dann zerreißt es mich – ich berste und zerspringe. Meine Splitter treffen ihn in die Seite, schneiden in die Pulsader der

erhobenen Hand und bohren sich mit ihren Spitzen in seinen Hals, sodass er blutend zu Boden geht, und auf das
dort inzwischen liegende geborstene Glas fällt.

Aus einer Scherbe, die ein wenig weiter als die anderen
gesprungen ist, schaue ich in ihr von Entsetzen gezeichne-
tes Gesicht. Es tut mir unendlich leid, dass ich sie so erschrecken musste, und während die Bilder auf allen Split-
tern, die ich gewesen bin, langsam dunkler werden, denke
ich: »Leb wohl, du Schöne, jetzt bist du frei.«

Das Selbstmörderparadies

Im Laufe der letzten zehn Jahre war die Selbstmordrate im Land auf das Dreifache gestiegen. Schulkinder und Greise legten Hand an sich, jungen Leuten genügte ein nichtiger Anlass, den Weg aus dem Leben zu suchen. Menschen in den besten Jahren meinten, sich aus dem Kreis, in dem sie erfolgreich tätig waren, in die Nicht-Existenz verabschieden zu müssen, ließen dabei Familienmitglieder und Freunde zurück, von denen wiederum nicht wenige versuchten, es den vorangegangenen gleichzutun – sei es aus Schmerz über den Verlust, oder um denen, die sich auf diese Weise dem irdischen Leben entzogen hatten, nahe zu bleiben. Es schien, als ob die Menschen des kleinen Landes einer verhängnisvollen Mode folgten, ja, als ob unter ihnen eine Epidemie ausgebrochen sei.

Doch obwohl die Einwohner jenes Ländchens eine außergewöhnliche Neigung zeigten, sich selbst vom Leben zum Tode zu befördern, waren sie darin oft so ungeschickt, dass ihnen das Vorhaben missglückte, und nicht wenige blieben als Selbstmordversehrte zurück. Es gab Leute, die sich in den Kopf geschossen und statt des Lebens nur ihr Augenlicht verloren oder sich den Kiefer zertrümmert hatten. Andere, deren Leben man nach einem Sprung aus dem Fenster hatte retten können, mussten sich zeitlebens mit Krücken fortbewegen, und mancher, der an der Schwelle des Todes gestanden und den der eisige Hauch aus dem unendlichen Raum dahinter angeweht hatte, konnte sich nicht mehr im diesseitigen Leben zurechtfinden und war – obgleich körperlich genesen – auf ständige Betreuung durch andere angewiesen, weil sein Geist den Weg zurück ins Leben nicht mehr fand. Kurz, der Wunsch nach dem Tode ging allzu häufig eine verhängnisvolle Verbindung ein mit der Unfähigkeit, den Tod auch sicher herbeizuführen.

So wuchs die Zahl der überlebenden Selbstmordopfer, die von der Allgemeinheit versorgt werden mussten, immer weiter an, und diese wurden allmählich eine ernste Belastung für den kleinen Staat.

Das Land hat die liberalsten Gesetze, die man sich denken kann und gehört nicht zu den barbarischen Nationen, die den Selbstmord unter Strafe stellen – beiläufig gesagt, eine Maßnahme, die einer gewissen Absurdität nicht entbehrt, denn eine wie auch immer bemessene Strafe kann gegen das vollendete Delikt ja nicht mehr verhängt werden, sondern nur gegen dessen vergeblichen Versuch. Die weisen Gesetzgeber des kleinen Staatswesens hatten im Gegensatz zu anderen nicht nur das Recht auf ein selbstbestimmtes Leben, sondern auch das auf einen selbstbestimmten Tod in einem Artikel der Verfassung garantiert. Damit war auch die Selbsttötung legitimiert. Der Ausdruck »Selbst*mord*« ist in jenem Land übrigens verpönt, weil er die Handlung mit einem Wort benennt, das gleichzeitig ein fluchwürdiges Verbrechen bezeichnet und sie damit in dessen Nähe rückt.

Bei solcher Gesetzeslage musste man den wachsenden Problemen mit anderen Mitteln als einem generellen Selbsttötungsverbot beikommen, und man richtete Suizidberatungsstellen ein, wo den Suizidanten kostenlos Rat und Hilfe angeboten wird.

Die erste Aufgabe der Suizidberater besteht nun darin, die Ernsthaftigkeit der Selbsttötungsabsicht festzustellen. Dazu wurde ein Fragenkatalog entwickelt, den der Berater mit dem Klienten in einem persönlichen Gespräch gemeinsam durchgeht. Suizidanten, die den Tod suchen, um sich einer juristischen, finanziellen, familiären oder gesellschaftlichen Verantwortung zu entziehen, zeigen die Berater alternative Lösungswege für ihr Problem auf.

Auch von Selbsttötungen, die den alleinigen Zweck verfolgen, der Nachwelt die zu Lebzeiten verweigerte Beachtung abzutrotzen oder ihr gar durch die ausgeführte Tat eine Schuld für diese zuzuweisen, wird in aller Regel abgeraten. Diese und ähnliche Fälle, in denen der Suizid als ein Mittel der Kommunikation missbraucht wird, leiten die Berater an dafür kompetente Therapieeinrichtungen weiter.

Anerkannt und weiterer helfender Begleitung für wert erachtet, werden Selbsttötungsmotive wie zum Beispiel unheilbare schwere Krankheiten, das altersbedingte Schwinden des natürlichen Lebenswillens und der in bewusster Verantwortung gegenüber der Mitwelt gefasste Entschluss zur Nicht-Existenz. Dazu gehört dann auch, dass die Suizidanten angehalten werden, ihren Nachlass zu ordnen und nach Möglichkeit die Hinterbliebenen in ihre Entscheidung mit einzubeziehen, um diesen den Schock eines plötzlichen Verlusts zu ersparen.

Wer sich nach eingehender Beratung für die Selbsttötung qualifiziert hat, kann dann eine Reihe von praktischen Hilfen in Anspruch nehmen. Es gibt Broschüren mit detaillierten Anleitungen zu den verschiedenen Tötungstechniken und auch Kurse, in denen man den Umgang mit den dafür notwendigen Instrumenten üben kann. Diese Kurse finden teils in den Suizidberatungsstellen statt, teils in den beiden zentralen Suizidparks, deren Einrichtung sich als besonders segensreich erwiesen hat. Sie bieten den Suizidanten eine Fülle von Wahlmöglichkeiten für ihr Vorhaben. Es gibt Wasserläufe, für jene, die das Ertrinken bevorzugen, Orte mit allem, was man für den Feuertod benötigt, eine künstlich angelegte Landschaft mit Felsklüften zum Hineinstürzen und ebenso Türme zum Hinunterspringen. Außerdem ein Galgenwäldchen, ein paar Warmbecken, in denen man sich die Adern öffnen kann und natürlich einen Schießstand sowie Vorrichtungen für andere Todesarten. Auch eine Apotheke, die eine große Auswahl wirksamer Gifte bereithält, ist auf dem Parkgelände vorhanden. Dazu kommen Unterrichtsräume, in denen die Kenntnis der wichtigsten Lebensfunktionen und wie man sie am wirkungsvollsten ausschaltet, gelehrt werden.

All diese Selbsttötungshilfen sind mit viel Geschmack in die natürliche Landschaft eingebettet und stehen selbstverständlich nicht nur für die Vorbereitungskurse zur Verfügung, sondern auch für den endgültigen Todesakt. Das hat den Vorteil, dass dieser nicht mehr an öffentlichen Orten vollzogen wird, wo so etwas ja immer eine Störung darstellt, und auch nicht an versteckten und schlecht zugänglichen Plätzen, wo die Auffindung und Bergung der Leichen beträchtlichen Aufwand verursachen kann und auch ihre Identifizierung nicht immer einfach ist.

In den Suizidparks dagegen sind stets Ärzte anwesend, die das Ausstellen des amtlichen Totenscheins besorgen, ebenso Bestatter, die sich unverzüglich um die sterblichen Überreste kümmern. Einige Unternehmen bieten sogar die Suizidbegleitung im Familienkreis mit anschließender Trauerfeier als Gesamtpaket an.

Es hat sich gezeigt, dass unter den Suizidanten, die sich in der entspannten Atmosphäre der Suizidparks auf ihre Selbsttötung vorbereiten, oft bleibende Freundschaften entstehen, die bis zum Tode und – wer vermöchte das zu sagen – vielleicht sogar darüber hinaus andauern.

Die Einrichtung der Beratungsstellen und Suizidparks kann ohne Abstriche als Erfolg gewertet werden. Die Rate der missglückten Selbstmorde ist auf unter ein Prozent gesunken, was zeigt, dass das Konzept, den Suizidanten die für ihr Vorhaben nötigen Kompetenzen zu vermitteln, aufgegangen ist.

Dass durch die Einführung der Ernsthaftigkeitsprüfung auch ein gewisser Rückgang der Suizidrate an sich eintreten werde, hatte man vorausgesehen, jedoch ist dieser Rückgang erstaunlicherweise weitaus höher, als angenommen wurde. Es hat sich gezeigt, dass in dem alltagsfernen, von Gemeinschaftsgeist geprägtem Miteinander

der Suizidparks viele neuen Lebensmut geschöpft und die Absicht der Selbsttötung aufgegeben haben. Es wird auch von Paaren berichtet, die sich in einem Suizidpark kennengelernt und ihn verlassen haben, um gemeinsam ins Leben zurückzukehren.

Dieser statistische Nebeneffekt – so sehr man ihn auch begrüßen mag – ist nicht unproblematisch. Schon werden Stimmen laut, die fordern, das Suizidbegleitprogramm zu reduzieren oder gar ganz einzustellen, da die aktuelle Suizidrate den »aufgeblähten Apparat« nicht mehr rechtfertige. Andere meinen jedoch, man solle einer so segensreichen Einrichtung nicht vorschnell die Mittel streichen. Wie verhängnisvoll wäre doch ein Rückfall in die früheren Verhältnisse! Der volkswirtschaftliche Nutzen bleibt schließlich auch bei geringerer Auslastung immer noch signifikant.

Zudem könnte man erwägen, die ja nun einmal bestehenden Einrichtungen für Bürger von Staaten mit weniger liberaler Gesetzgebung zu öffnen. Für diese wären die Leistungen dann natürlich nicht mehr kostenfrei, sondern müssten nach einem noch aufzustellenden Tarif bezahlt werden. Ein – selbstverständlich diskret betriebener – Suizidtourismus hätte ohne Zweifel eine belebende Wirkung auf die heimische Wirtschaft, und die einzigartigen Errungenschaften auf dem Gebiet der Suizidbegleitung erhielten Gelegenheit, weit über die Grenzen des kleinen Landes hinaus ihre wohltätige Wirkung zu entfalten.

Wilde Verse

Ein Dichter, dem nichts mehr einfallen wollte, hatte sich darauf verlegt, durch die Stadt zu spazieren und nach Versen Ausschau zu halten. Wo er einen Vers sah, pflückte er ihn und legte ihn zwischen die Seiten eines Buches, das er zu diesem Zweck mit sich führte. Er pflückte Verse von Sträuchern in Vorgärten und von niedrig hängenden Ästen in Parks, von Mauervorsprüngen und Fenstersimsen, von Brückengeländern und Verkehrsampeln, ja sogar von parkenden Autos und manchmal von den Hüten der Vorübergehenden, denn Verse wachsen überall.

Zu Hause schob er die Verse, die er gesammelt hatte, hin und her, um Gedichte daraus zu machen. Aber nie wollte einer davon zu einem anderen passen, sodass er noch nicht einmal einen Zweizeiler zustande brachte. Versuchte er aber die Verse zu verändern, um sie passend zu machen, dann gingen sie ihm ein, denn wildwachsende Verse sind im Gegensatz zu den im Haus gezogenen sehr empfindlich und vertragen weder das Beschneiden noch das Aufpfropfen.

So suchte der Dichter weiter nach Versen und hoffte, eines Tages einen zu finden, der sich mit einem anderen seiner Sammlung paaren ließ. Einmal sah er im Goethepark unweit des unvermeidlichen Denkmals des Namenspatrons der Anlage auf einem Baumast, der so hoch über ihm wuchs, dass er ihn nicht erreichen konnte, einen Vers. Normalerweise ließ er, was er in solcher Höhe bemerkte, dort, wo es war. Aber hier hatte er das Gefühl, es könne, ja, es müsse der eine Vers sein, der seine Sammlung endlich zu fruchtbarem Leben erwecken würde. Er kletterte also auf den Baum, um an den Vers heranzukommen.

Nun sind Dichter in der Regel nicht gerade geübte Kletterer, und als er den Vers schon beinahe erreicht hatte und gerade die Hand ausstreckte, um ihn abzupflücken, verlor er den Halt, stürzte ab und schlug so unglücklich auf dem Boden auf, dass er das Genick brach.

Im verzweifelten Bemühen, sich irgendwo festzuhalten, hatte er, schon im Fallen, den Vers noch ergriffen. So kam es, dass der Polizeiarzt, als er den Toten untersuchte und seine geschlossene Faust öffnete, in ihr den Vers »Warte nur, balde« entdeckte, was natürlich zu einer Menge von Spekulationen Anlass gab.

Beziehungstat

Sie lag mit dem Kopf auf der Armlehne des Sofas. Ihr Mund stand leicht offen, und ihre geweiteten Augen waren starr geradeaus gerichtet. Eine Haarsträhne fiel ihr bis zur Nasenwurzel über die Stirn, ihr Gesicht wirkte entspannt, aber nicht schlaff.

Der Mann saß dem Sofa gegenüber in einem Sessel und sah die Frau an. Das wilde Klopfen seines Herzens wurde allmählich langsamer, und er wurde ruhiger. So wie jetzt, dachte er, hat sie – allerdings mit geschlossenen Augen – manchmal im Schlaf ausgesehen.

Er konnte sich nicht mehr genau erinnern, wie ihr Streit begonnen hatte. Am Anfang war es eigentlich ein ganz normales Gespräch gewesen. Sie hatte sich mal wieder beschwert, dass er beruflich so viel unterwegs sei und sie immer allein zu Hause sitzen müsse. Er hatte wie üblich gesagt, dass er ja für sie beide etwas schaffen wolle und ihr dann vorgeschlagen, dass sie sich doch auch eine Beschäftigung suchen könne, wenn sie sich tagsüber alleine fühle, am besten eine, bei der sie mit Menschen zu tun habe. Irgendwie hatte es sich dann hochgeschaukelt, sie hatte behauptet, es wäre ihm egal, wie sie sich fühle, und das Gespräch war in einen Streit ausgeartet.

An sich mochte er es durchaus, wenn sie sich über etwas ereiferte. Dann schossen ihre Augen Blitze, sie wirkte lebendiger und erschien ihm noch anziehender als sonst. Er hatte sie in den Arm nehmen wollen, um den Streit zu beenden, aber sie hatte ihn zurückgestoßen und geschrien, er nehme sie nicht ernst und wolle sie nicht verstehen.

Dann hatte sie angefangen zu weinen. Ihr Gesicht verlor seine Spannung, der Mund zitterte, die Wangen wurden schlaff, bekamen rote Flecken und auch die Nase rötete sich. Das ganze Gesicht schien zu zerfließen, und ihre Worte wurden nun von fortwährendem Schniefen begleitet.

Er hatte ihr nicht mehr geantwortet, sondern nur erschreckt und gleichzeitig fasziniert die Veränderung ihres Gesichts beobachtet. Es war gewesen, als ob sich diese ihm so gut bekannten Züge auflösten. Die von unterdrücktem Schluchzen unterbrochenen Worte, die sie ausstieß, konnte er zwar hören, hatte es aber aufgegeben, darin nach einem Sinn zu suchen, nur gemerkt, dass sie lauter wurden und immer aggressiver klangen und dass schließlich ihre Stimme kippte und keifig und schrill wurde.

Da hatte er es nicht mehr aushalten können, sie erst an den Schultern, dann am Hals gepackt und geschüttelt, so als ob er die Frau, die er kannte, wieder aus ihr herausschütteln wollte, und weil der schrille Ton nicht hatte aufhören wollen, hatte er sie immer fester gepackt und geschüttelt, nicht gemerkt, dass ihr Hinterkopf dabei gegen die Wand schlug, und hatte nicht nachgelassen, sie zu schütteln. Er sah in ein aufgelöstes und verzerrtes Gesicht, das nicht mehr ihres war. Seinen Kopf füllte der hohe keifende Ton einer feindlichen Stimme und blieb auch noch darin, als aus ihrem Mund nur noch schwache, keuchende Laute kamen.

Erst als sie schon eine Weile ganz verstummt war, wurde auch der Ton in seinem Kopf langsam schwächer und hörte schließlich ganz auf. Da ließ er ihren Körper auf das Sofa gleiten und sank selbst erschöpft in den Sessel, der dem Sofa gegenüber stand.

*

Er wusste nicht, wie lange er so gesessen hatte, aber inzwischen war es im Zimmer dunkel geworden, und als der Mann jetzt das Licht anknipste, sah er wieder die weit geöffneten Augen der Toten, ging zu ihr und schloss ihr die Lider. Er holte eine Decke, die er über sie breitete, und bevor er ihr Gesicht bedeckte, beugte er sich noch einmal darüber, strich ihre Haarsträhne zurück und küsste sie sanft auf die Stirn.

Wie die Revolution ins
Märchenland kam

In einem kleinen Königreich im Märchenland gab es einmal einen Drachen, der hielt die Tochter des Königs in seiner Höhle gefangen.

Das ist im Märchenland durchaus nicht ungewöhnlich, viele Drachen tun das. Kaum einer von ihnen würde eine Geisel nehmen, deren Stand geringer als der einer Prinzessin wäre. Die Tochter eines Köhlers zum Beispiel hielte kein auch nur halbwegs intelligenter Drache gefangen, obwohl er mit ihr bestimmt weniger Arbeit hätte als mit einer Prinzessin. Denn Prinzessinnen sind nicht einfach zu halten, sie haben ihre Stimmungen, mäkeln ständig am Essen herum, und wenn sie die Drachenhöhle ausfegen sollen, sind sie sich entweder zu schade dazu, oder sie stellen sich so ungeschickt an, dass der Drache es dann doch lieber selbst macht.

Trotzdem haben sich Prinzessinnen im Laufe der Zeit als Gefangene von Drachen am besten bewährt. Es ist ein alter Drachentrick, damit zu drohen, die gefangene Prinzessin aufzufressen, wenn man ihm nicht jede Woche soundso viele Rinder, Schafe oder Schweine zu seiner Verpflegung liefert. Hätte der Drache zum Beispiel nur eine Köhlerstochter als Geisel, würde das niemand tun. Aber wenn es sich um eine Prinzessin handelt, bekommt er regelmäßig sein Essen und braucht ihm nicht hinterherzulaufen. Meistens sorgt der König schon dafür, dass die Untertanen dem Drachen die gewünschten Tiere bringen, denn er will natürlich nicht, dass seine Tochter gefressen wird. Oft ist der König aber auch ganz froh, dass er sein verzogenes und nörgeliges Kind nicht mehr täglich um sich hat, und ist deshalb mit diesem Arrangement fürs Erste ganz zufrieden. Weil er aber auch an die Zukunft seiner Tochter denken muss, gibt er dann bekannt, dass, wer den Drachen besiegt und die Tochter befreit, sie auch gleich behalten kann und noch das halbe Königreich dazu bekommt. Denn das ist der Tarif fürs Drachentöten inklusive Befreiung einer Prinzessin. Den Drachen sind die Besuche der Jünglinge mit und ohne Ritterwürde, die sich diesen Preis verdienen wollen, ganz recht. Sie machen sich bei den Kämpfen mit ihnen ein bisschen Bewegung und haben in den Kämpfern eine willkommene Zukost.

So wäre also die Sache mit der Prinzessin in der Drachenhöhle etwas ganz und gar Normales gewesen, das in hundert anderen kleineren und größeren Königreichen auch schon vorgekommen war und kaum der Erwähnung wert wäre, wenn … ja, wenn nicht gerade dieser Drache ein überaus gefräßiger Drache gewesen wäre, der für das kleine Königreich eigentlich eine Nummer zu groß war. Sein Appetit war so gewaltig, dass man nie genug Rinder, Schafe und Schweine für ihn heranschaffen konnte, und seine Fressgier wurde noch dazu immer größer. Was man ihm in der einen Woche brachte, genügte ihm in der nächsten schon nicht mehr. Doch der König befahl seinen Untertanen, dem Drachen so viele Tiere zu bringen, wie er verlangte, denn er mochte das Leben der Prinzessin nicht aufs Spiel setzen.

Die Bauern mussten also weiter ihr Vieh hergeben, und Fleisch wurde allmählich knapp, auch konnten nicht mehr alle Äcker bestellt werden, weil Zugtiere fehlten. Die edlen Pferde aber aus des Königs Marstall wurden weiterhin sorgsam gefüttert und gestriegelt und zu nichts anderem verwendet als für Ausritte des Hofstaats, zur königlichen Jagd und um die Staatskarosse und die Wagen der Edlen des Reiches zu ziehen.

Einer der Hofräte schlug vor, man solle die Soldaten des Königs gegen den Drachen ausschicken und ihm die Prinzessin im Handstreich abnehmen. Was einem einzelnen Ritter nicht gelingen wollte, könne einer entschlossenen Kompanie Soldaten ja wohl möglich sein. Der König beriet sich daraufhin mit seinen Generälen, aber die machten Einwände. Man sei, so sagten sie, für den Drachenkampf nicht ausgerüstet, der Schuppenpanzer des Tieres ließe weder Pfeile noch Musketenkugeln durch. Außerdem könne der Drache Feuer speien, sodass die Soldaten gar nicht nahe genug an ihn herankämen, um ihn wirksam zu bekämpfen, und zu guter Letzt wollte auch niemand garantieren, dass die Prinzessin bei einer solchen Aktion wirklich unversehrt beiben würde.

Also blieb alles beim Alten. Die Soldaten des Königs zogen weiter durch das Land, um bei den Bauern Tiere zu requirieren, die jede Woche zur Drachenhöhle getrieben wurden. Für diese Aufgabe waren die Soldaten im Gegensatz zum Drachenkampf gut ausgerüstet. Kein Bauer hatte einen Schuppenpanzer oder konnte Feuer speien, sodass die tapferen Krieger bei ihrer Arbeit zum Schutz des kleinen Königreichs und seiner Dynastie nicht ernsthaft in Gefahr gerieten.

Bei alledem kam jedoch die Wirtschaft des Staates immer mehr in Unordnung, es gab eine allgemeine Teuerung, dem gemeinen Volk ging es immer schlechter, die Bürger mussten sich einschränken, und auch bei Hofe war man nicht glücklich über die Entwicklung.

Nun ist es im Märchenland normalerweise üblich, dass in Situationen, in denen niemand mehr Rat weiß, von irgendwoher ein junger Prinz, Ritter oder manchmal sogar ein Jüngling niederer Herkunft auftaucht, das in Frage kommende Ungeheuer besiegt und, wie es sich gehört, mit einer Prinzessin und einem halben Königreich belohnt wird, worauf dann alle glücklich und zufrieden weitermachen können wie früher. Weil sie es also so gewohnt waren und auch aus vielen Märchen und Erzählungen so kannten, warteten und hofften die Menschen auf den, der kommen und alle Probleme für sie lösen würde.

Aber unglücklicherweise war zu jener Zeit der Vorrat an mutigen Prinzen, Rittern und anderen abenteuerlustigen jungen Männern gerade erschöpft. Sei es, dass der Drache zu viele von ihnen bereits verspeist und anderen dadurch die Lust auf dieses Abenteuer genommen hatte, sei es, dass Prinzessinnen und halbe Königreiche nicht mehr so begehrt waren wie ehedem. Junge Männer, die es mit dem Drachen aufnehmen wollten, blieben aus, und der einzige Fremde, der damals die Grenze zu unserem

Königreich passierte, war ein nicht mehr ganz junger Mann mit einem wilden Vollbart im Gesicht und einer Arbeitermütze auf dem Kopf, unter deren Schirm ein paar stechende Augen hervorblickten.

Auf die Fragen der Leute nach dem Woher und Wohin gab der Mann nur ausweichende Antworten. Er selbst aber interessierte sich sehr für alles, was im Königreich passierte, ließ sich die Geschichte von dem gefräßigen Drachen erzählen, dass die Soldaten den Bauern das Vieh aus den Ställen holten, dass viele Äcker deshalb brach lagen, dass die Armen hungerten, die Handwerker Kohlsuppe essen mussten, dass der König sechsspännig durch die Straßen fuhr und die Soldaten dafür sorgten, dass die Leute, die am Straßenrand standen, Vivat riefen und ihre Mützen dabei in die Luft warfen.

Man sah den bärtigen Fremden in Schenken, an Straßenecken und auf dem Marktplatz. Überall ließ er sich von den Menschen erzählen, wie es ihnen erging, wovon sie lebten und wie sie zurechtkämen. Natürlich spricht jeder am liebsten über die eigenen Sorgen, doch wenn der Fremde im Mittelpunkt einer Gruppe stand und erst der eine, dann der andere erzählte, merkte mancher, dass die Sorgen des anderen ja von den seinen nicht gar so verschieden waren. Der fremde Mann ließ die Leute reden. Nur manchmal wiederholte er einen Satz, als ob das Gesagte ihn erstaunte, ließ sich etwas genauer erklären oder fragte, ob wohl wahr sei, was er von anderen dazu gehört hätte, und wer bis dahin nur in seiner eigenen Geschichte gesteckt hatte, entdeckte nun, dass diese mit anderen zusammenhing, und begann zu erkennen, dass das, was er erzählte, weil es *ihm* geschehen war, vielleicht gar nicht hätte geschehen müssen und durchaus auch anders hätte sein können.

Bald machte sich Unmut im Volk breit. Man schimpfte auf die Soldaten, die zu feige wären, den Drachen zu bekämpfen und nur die Bauern drangsalieren könnten. Andere forderten, man möge dem Drachen lieber die königlichen Pferde zu fressen geben, anstatt den Bauern ihr Vieh wegzunehmen. Einige meinten gar, der Drache solle doch mit der Prinzessin machen, was er wolle, bevor er noch mehr Vieh auffräße.

Der Fremde, der bald in den Schenken und bald auf den Straßen immer in der Mitte einer raisonnierenden Menge zu finden war, sagte zu alldem nicht viel: hier eine kurze, zustimmende Bemerkung, dort die Wiederholung eines Ausrufs, manchmal auch nur ein Kopfnicken, ein Hochziehen der Brauen und eine Geste mit hochgereckter Faust.

*

Diejenigen, die den Sturm auf das Schloss miterlebt haben, berichten, dass an jenem Tag wie auf ein geheimes Kommando hin von allen Straßen, Plätzen und Ecken sowie aus allen Schenken und Häusern Gruppen und Grüppchen gekommen, sich vereinigt und, wie von unsichtbarer Hand geleitet, unter lautem Geschrei zum Königsschloss gezogen waren. Man rief: »Kein Vieh mehr für den Drachen!«, »Fleisch für alle!«, und einzelne schrien sogar: »Weg mit dem König!«

Die Schlosswache hatte sich, als sie die Menge anrü-
cken sah, vorsorglich aus dem Staub gemacht, sodass die
Leute ungehindert ins Schloss eindringen konnten. Die
Menschen wollten mit ihren Forderungen zu den Minis-
tern und zum König vordringen, aber sie fanden nur ver-
lassene Räume.

Die ganze Regierung war nämlich geflohen, als man
sah, dass die Soldaten sich davongemacht hatten, und die
Diener, die nicht mit dem Wagenzug des Königs, der Mi-
nister und Beamten mitgekommen waren, hatten ihre Li-
vreen von sich geworfen und sich unters Volk gemischt.

So zogen die Eindringenden ungehindert und staunend von Saal zu Saal, von denen einer prächtiger war als
der andere, und weil sich die angestaute Wut an den
Schuldigen nicht entladen konnte, begannen bald einige,
zusammenzuraffen, was ihnen wertvoll schien, und kurz
und klein zu schlagen, was zu groß und unbequem war,
um es fortzutragen.

Dies war die Stunde des Fremden. Er gebot der Menge
Einhalt, hielt eine flammende Rede, dass all dies der König
dem Volke weggenommen hätte und es darum erhalten
bleiben müsse, um zum Wohle des Volkes verwendet zu
werden. So hatte der König nie gesprochen, er hatte immer nur Verbote verkünden lassen, Aufrufe, wo sich jeder-
mann einfinden müsse, um für den König und zum Wohle
des Reiches Dienste zu tun, oder auch welche neuen Steu-
ern und Abgaben zu entrichten seien.

Die Menschen waren beeindruckt, denn der Fremde
sprach nicht vom Land oder vom Reich, sondern vom

Volk, und dieses Volk, das waren ja sie selbst. So jubelten ihm alle zu, und als er darauf zu sprechen kam, dass nun, da der König geflohen war, das Land nicht unregiert bleiben dürfe, eine Republik werden müsse und ein Parlament und einen Präsidenten brauche, da jubelten sie noch mehr, hoben ihn auf ihre Schultern und riefen »Hoch unserem Präsidenten!«

*

So wurde aus dem kleinen Königreich eine Republik, es gab Parlamentswahlen, man bildete eine neue Regierung, und tatsächlich wählten die Abgeordneten den Fremden zum Präsidenten. Die anderen Könige des Märchenlandes beriefen eine Konferenz ein und schlossen das Land aus den vereinigten Märchenländern aus, denn eine Republik im Märchenland, das geht wirklich nicht.

Der Drache aber hatte nun eine Geisel, die die Tochter eines abgedankten Königs war, das verletzte seinen Stolz sehr. Und da auch die Lieferungen von Vieh an ihn ausblieben, weil die Leute durch die vielen Umwälzungen im Land gar nicht mehr an den Drachen und die Prinzessin dachten, beschloss er auszuwandern. Als Drache, der auf sich hielt, konnte er nicht in einem Land bleiben, das eine Republik geworden war.

Was aus der Prinzessin geworden ist, wollt ihr noch wissen? Sie wurde von dem Drachen einfach zurückgelassen. Sie war ihm schon immer zu mager zum Auffressen gewesen, er hatte sie ja nur als Geisel gebraucht. Sie hat dann den Präsidenten geheiratet. Als seine Frau hat sie ihn dazu gebracht, seinen wilden Vollbart manierlich zu stutzen, und auch dafür gesorgt, dass er sich einen gut sitzenden Frack und einen Zylinder hat machen lassen. Jetzt fährt sie oft mit ihm in der Präsidentenkalesche sechsspännig durch die Stadt. Die Leute am Straßenrand rufen dann Vivat und werfen ihre Mützen dabei in die Luft. Die Präsidentengattin lächelt dem Volk huldvoll zu, wie sie es als Prinzessin gelernt hat, und ihr Mann nickt gnädig mit dem Kopf und winkt mit der weiß behandschuhten Hand vornehm in die Menge. Das hat seine Frau ihm so beigebracht.

So ist also alles zu einem guten Ende gekommen, und ich könnte jetzt sagen: »Und wenn sie nicht gestorben sind, ...« und so weiter. Aber auch wenn die Geschichte in einem Königreich im Märchenland anfing, so hat sie doch in einer Republik in der Wirklichkeit geendet, und dort sagt man so etwas nicht.

Der Nachbar

Der Nachbar auf meiner Etage muss schon im Haus gewohnt haben, als ich eingezogen bin, denn ich kann mich nicht an andere Mieter der Wohnung, die meiner gegenüber liegt, erinnern. Wenn ich durch den Türspion in den Hausflur schaue, sehe ich auf den Spion, der in die Tür der Nachbarwohnung eingelassen ist. Manchmal habe ich dabei schon das Gefühl gehabt, dass jemand durch den Türspion zu mir herübersieht, aber ob das wirklich so ist, kann man natürlich nicht sagen, denn ob sich hinter der Tür ein Auge der Linse nähert oder nicht, lässt sich von außen nicht erkennen, schon gar nicht, wenn man nicht unmittelbar vor der Tür steht, sondern durch den Türspion der Tür gegenüber schaut.

In all den Jahren, die ich hier wohne, kann ich mich nicht erinnern, mit dem Nachbarn jemals in näheren Kontakt gekommen zu sein. Wohl bin ich im Hausflur hin und wieder einer unbestimmten männlichen Gestalt begegnet, die aus der Wohnung gegenüber gekommen oder in ihr verschwunden ist und die einen grauen Mantel, wie auch ich einen besitze, trug. An ein Gesicht kann ich mich allerdings nicht erinnern, und unterhalten habe ich mich mit dem Nachbarn noch nie. Allenfalls habe ich von ihm im Vorbeigehen ein mehr gemurmeltes als deutlich gesprochenes »Guten Tag« gehört. Ich könnte auch gar nicht sagen, wie oft ich ihn gesehen habe, sicher im Ganzen nur wenige Male, und würde ihn auf der Straße bestimmt nicht wiedererkennen.

Dass die zweite Wohnung auf meiner Etage wirklich bewohnt ist, merke ich vor allem an manchen Geräuschen. Gelegentlich wird die Toilettenspülung betätigt oder das Wasser in Küche oder Bad aufgedreht. Auch eine Waschmaschine höre ich manchmal laufen, und hin und wieder wird ein Stuhl auf dem Fliesenboden verschoben oder irgendetwas fällt um. Natürlich dringen solche Geräusche auch aus anderen Wohnungen zu mir, und man kann nicht immer eindeutig sagen, wo sie herkommen. Aber ich weiß, dass die Wohnungen rechts und links vom Treppenhaus jeweils spiegelbildliche Grundrisse haben. Das Bad des Nachbarn ist von meinem Bad ebenso wie seine Küche von der meinen nur durch eine Wand getrennt, und ob ein Geräusch seine Ursache direkt hinter der Wand hat oder von anderswoher kommt, lässt sich meist ganz gut unterscheiden.

Ich kann nicht sagen, dass ich mit den übrigen Hausbewohnern einen besonders engen Kontakt pflege. Man grüßt sich, wenn man sich sieht, wechselt vielleicht ein paar Worte über das Wetter oder über einen anderen belanglosen Gegenstand und geht im übrigen seiner Wege. Es gibt ja Häuser, wo sich einzelne Bewohner hin und wieder auf einen Schwatz und eine Tasse Kaffee zusammensetzen oder wo die Hausgemeinschaft sogar Feste miteinander feiert. Bei uns ist das nicht üblich. Nicht, dass die Leute unfreundlich wären, aber jeder lebt sein eigenes Leben und ist dabei auf eine gewisse Distanz bedacht.

Trotzdem scheint mein Etagennachbar ein Sonderfall zu sein. Die Mieterin aus dem Erdgeschoss sprach mich einmal darauf an, dass es merkwürdig sei, wie selten man ihn zu Gesicht bekomme, und ob ich wisse, was er denn beruflich mache, ob ich mitbekäme, wann er morgens aus dem Haus gehe und wann er zurückkomme, ob er vielleicht manchmal für längere Zeit verreist sei und dergleichen mehr. Ich konnte ihre Neugier nicht befriedigen, sagte ihr, dass ich selbst ihn äußerst selten sähe, aber hin und wieder hören könne, dass jemand in der Wohnung sei, und auch, dass ich im übrigen keinen Anlass hätte, mir über das Kommen und Gehen der Nachbarn Gedanken zu machen. Sie war etwas verstimmt, und zwar, wie mir schien, weniger darüber, dass ich nichts zu erzählen hatte, als darüber, dass ich es ablehnte, mit ihr zusammen Spekulationen über den rätselhaften Nachbarn anzustellen.

Tatsächlich hatte ich nie besonders darauf geachtet, ob ich den Nachbarn traf oder nicht, und auch, wenn ich irgendetwas durch die Wand hörte, hat mich das nie wirklich interessiert, sondern war für mich das ganz normale Hintergrundgeräusch des Wohnens in einem Mehrfamilienhaus. Aber seit dem Gespräch mit der Erdgeschossmieterin achte ich bewusster auf die Geräusche aus der Nachbarwohnung, und wenn ich Schritte im Treppenhaus höre, gehe ich an meinen Türspion, um zu sehen, ob der Nachbar vielleicht gerade nach Hause kommt. Gesehen habe ich ihn seitdem nicht, aber bei allem, was ich aus der Wohnung gegenüber höre, male ich mir jetzt aus, was der Nachbar im Augenblick tut. Und auch, wenn gerade kein Geräusch von drüben zu hören ist, haben sich meine Gedanken in der letzten Zeit öfter mit ihm beschäftigt als jemals vorher, und die Fragen, die die Erdgeschossmieterin mir gestellt hat, gehen mir durch den Kopf. Ich denke darüber nach, was für ein Leben der Nachbar führen und was für ein Mensch er wohl sein mag.

Mir ist eingefallen, dass ich die wenigen Male, die ich gesehen habe, wie er aus seiner Wohnung kam oder in ihr verschwand, nie einen Blick ins Innere dieser Wohnung habe werfen können. Offenbar hat er die Angewohnheit, wenn er ausgeht, das Licht in seiner Diele auszuschalten, ehe er die Tür öffnet, und es beim Nachhausekommen erst einzuschalten, wenn er die Tür schon hinter sich geschlossen hat. Auch glaube ich, mich erinnern zu können, dass er seine Wohnungstür, wenn er kam oder ging, nie bis zum Anschlag, sondern stets nur einen schmalen Spalt weit öffnete, aus dessen Dunkel er dann schlüpfte und in dem er auch wieder verschwand.

Ich habe angefangenen, mir auszumalen, wie es in der Wohnung des Nachbarn wohl aussehen könnte, und versucht, sie in Gedanken zu möblieren, bin dabei aber, wie ich bald gemerkt habe, nicht übermäßig originell gewesen. Ich dachte mir dort Schränke und Bücherregale, wo auch in meiner Wohnung Schränke und Bücherregale stehen, und wenn ich überlegte, welche Vorlieben und Gewohnheiten der Nachbar haben mochte, hatte das, was mir dazu einfiel, eine auffallende Ähnlichkeit mit meinen eigenen Vorlieben und Gewohnheiten.

Als mir bewusst wurde, dass ich mich so intensiv mit Vermutungen über meinen Nachbarn beschäftigte, schien mir dies nicht nur zwecklos, sondern auch auf eine krankhafte Weise unnatürlich. Ich habe darum versucht, die Gedanken an ihn wegzuschieben und mich mit anderen Gegenständen abzulenken. Trotzdem musste ich immer wieder an ihn denken: Ob er wohl im Moment zu Hause war, wenn nicht, wo er wohl sein könnte, und was er im Augenblick trieb.

Ich hatte früher nie darauf geachtet, wie oft ich den Nachbarn sah oder Geräusche aus seiner Wohnung hörte, aber jetzt, da mein Interesse an ihm stärker geworden ist, habe ich schon länger nichts mehr gehört, was auf seine Existenz hätte schließen lassen, geradeso, als ob er sich nun, da ich neugierig auf ihn geworden bin, meiner gesteigerten Aufmerksamkeit mit Absicht entzieht.

Und umso weniger konkrete Anzeichen für seine Anwesenheit ich habe, desto mehr beschäftige ich mich in Gedanken mit ihm, male mir aus, wie er lebt und was er gerade tut. So bin ich in die seltsame Situation geraten, dass sich die Erinnerung an eine Person, mit der sich meine Gedanken intensiv beschäftigen, nur noch aus vagen Bildern speist, die aus einer immer blasser werdenden Vergangenheit zu mir herüberschimmern und aus der Wirklichkeit meines Alltags gänzlich verschwunden sind, die aber trotzdem – oder vielleicht auch gerade deswegen – für mich eine geradezu magische Realität bekommen haben, und ich scheine fixiert auf das schwindende Bild des unbekannten Nachbarn, das ich selbst täglich mit neuen Farben versehe.

Gestern Abend aber, als ich mich beim Heimkommen dem Hause näherte, sah ich schon von weitem, dass die Fenster des Nachbarn hell erleuchtet waren, was noch nie vorgekommen ist. In allen der Straße zugewandten Zimmern brannte Licht, und vor dem Hauseingang parkten ein Polizeiwagen und eine schwarze Limousine.

Wie ich den Treppenabsatz zu meiner Etage erreiche, sehe ich, dass vor der offenen Wohnungstür des Nachbarn ein uniformierter Polizist steht. Ich bleibe stehen und kann einen Blick in die Diele werfen, wo zu meinem Erstaunen ein kleines Schränkchen steht, über dem ein Spiegel hängt – genau wie in meiner eigenen Wohnung – und genauso, wie ich es mir ausgemalt habe. Offenbar kann die Wirklichkeit ebenso unoriginell sein wie meine Fantasie, denke ich noch bei mir, da fragt mich der Beamte, was ich hier zu suchen habe, und als ich ihm antworte, dass ich gleich nebenan wohne, weist er auf die offene Tür und sagt, ich soll hineingehen, der Kommissar werde mir bestimmt ein paar Fragen stellen wollen. Er wendet sich um und ruft in die Wohnung: »Hier ist der Nachbar von nebenan!« Der Mann, den er angerufen hat, dreht sich in der Wohnzimmertür um, in der er gestanden und mir den Rücken zugewendet hat, fragt mich nach meinem Namen und beginnt ein Frage- und Antwortspiel, dass mich an die Unterhaltung mit der Mieterin der Erdgeschosswohnung erinnert. Ich kann ihm nicht viel mehr erzählen, als ich der Frau damals gesagt habe.

Schließlich tritt er zur Seite, gibt den Blick auf das Innere des Wohnzimmers frei und sagt zu einem Mann, der sich über ein Sofa beugt: »Wenn Sie soweit fertig sind, Doktor, kann der Nachbar hier sich den Mann vielleicht mal ansehen und ihn identifizieren.« Mit diesen Worten schiebt er mich ins Zimmer, und der, den er mit Doktor angesprochen hat, tritt vom Sofa zurück, auf dem eine leblose Gestalt liegt. Wie ich einen Schritt vorwärts gehe, fällt mir als erstes auf, dass die Einrichtung des Wohnzimmers, genau wie schon die der Diele, auf verblüffende Weise der in meiner Wohnung gleicht, und wie ich auf die leblose Gestalt auf dem Sofa schaue, sehe ich zunächst, dass der Mann, der dort liegt, ja meine alte Strickjacke trägt. Ich bin mir ganz sicher, denn ich erkenne sie daran, dass der zweite Knopf von oben durch einen nicht zu den anderen passenden ersetzt wurde. Dann wandert mein Blick höher, und ich schaue auf das starre Gesicht eines Toten, das ganz ohne Zweifel *meine* Züge trägt.

Im ersten Schreck des Erkennens weiche ich ein paar Schritte zurück, finde mich in der Diele wieder, hoffe auf eine Täuschung und wende mich, weil, was ich gesehen habe, ja nicht möglich sein kann, nach rechts. Es muss doch einen Unterschied zwischen mir und dem toten Nachbarn geben, denke ich und schaue in den Spiegel, der dort über dem Schränkchen hängt …

Da erfasst mich blankes Entsetzen. Ich sehe nichts als die Wand, vor der ich stehe. Der Spiegel wirft kein Bild von mir zurück.

Bei Ungeheuers

Zwei kleine Ungeheuer, ein Junge und ein Mädchen, spielten vor der elterlichen Höhle Murmeln mit rundgeschliffenen Steinbrocken, die die Größe von Fußbällen hatten. Plötzlich hörten sie aus dem Tal Stimmen und Geräusche, traten nahe an den Abhang heran, von dem aus sie ein Stück des sich den Berg heraufwindenden Wegs sehen konnten, der zur Höhle der Ungeheuer führte.

Auf ihm erblickten sie eine Schar Helden, die bergauf wanderten. So schnell sie konnten, liefen sie zu ihrer Mutter in die Höhle und riefen: »Mama, da kommen wieder welche!« – »Ach, hört das denn nie auf«, seufzte die Mutter, »wer weiß, was man denen wieder versprochen hat.« Sie wischte sich die Hände an ihrer Schürze ab und ging den Ungeheuervater wecken, der im hinteren Ende der Höhle ein Nickerchen hielt. Er stand unwillig brummend auf und ging den Helden entgegen. Unterwegs riß er eine schön gerade gewachsene Buche aus und knipste ihre Äste mit den Fingernägeln ab, sodass ein beachtlicher Riesenprügel daraus wurde.

Der Ungeheuervater traf an einer Stelle auf die Helden, wo der Weg durch ein Stück dichten Waldes führte, das den Kindern, die vom Abhang aus dem Heldenkampf zuschauen wollten, die Sicht versperrte. So hörten sie nur das laute Kampfgeschrei, mit dem die Helden versuchten, sich Mut zu machen, dann das Krachen des Riesenprügels ihres Vaters, sahen, wie die Wipfel der Bäume über dem Kampfgetümmel hin und her schwankten, und schließlich gellten Todes- und Schmerzensschreie durch das Tal.

Als der Ungeheuervater den Weg wieder heraufkam, wischte er sich den Schweiß von der Stirn und warf den Riesenprügel von sich. Der Junge fragte ihn mit leuchtenden Augen: »Papa, hast Du sie alle erschlagen?« – »Wo werd ich denn«, sagte der, während er sich mit zwei Fingern ein Schwert aus dem Pelz zog, das dort steckte. »Ein paar muss man immer laufen lassen, damit sie erzählen können, wie es ausgegangen ist. Vielleicht werden sie dann klüger und lassen es irgendwann sein.« Der Ungeheuerjunge nickte verständig, doch sein Vater dachte bei sich: Aber ob es hilft, weiß ich nicht. Dummheit stirbt nicht aus, und deshalb wird es wohl immer Helden geben.

Reinhard und die Frauen

Reinhard hatte geklingelt, obwohl er einen Schlüssel für Claudias Wohnung hatte. Er mochte es, wenn sie in der offenen Tür stand und ihm zulächelte, während er die Treppe hochkam. Wie immer zog sie ihn in den Flur, schloss die Tür, und dann lagen beide sich, wie immer, erst einmal in den Armen und küssten sich so ausführlich wie immer. Ihre Beziehung dauerte nun schon länger als ein halbes Jahr, aber dass er sie nur zwei oder drei Mal in der Woche besuchte, hatte ihre Leidenschaft füreinander wachgehalten.

Beim Küssen wanderten seine Hände über ihren Körper und seine Augen über die bekannten Gegenstände in der Diele. Dabei trafen sie auf etwas, das bei Reinhards letztem Besuch noch nicht dagewesen war. Am Garderobenständer hing ein Herrenhut, in dessen Innenfutter er den Schriftzug »Borsalino« lesen konnte.

Während Reinhards Hände automatisch weiter über Claudias Körper tasteten und die Intensität seines Kusses nicht nachließ, hatte dieser Hut in Reinhards Kopf eine Lawine von Gedanken und Fragen ausgelöst. Wie kam der Hut dorthin, wem gehörte er, was hatte es zu bedeuten, dass er da so scheinbar selbstverständlich am Haken hing? Ausgerechnet ein Borsalino! Er selbst trug ja auch hin und wieder Hut, aber in seinem stand im Innenfutter ganz schlicht »Hut Weber, Bonn«.

Was sollte er tun? So, als habe er den Hut nicht gesehen, oder Claudia danach fragen? Die Sache ignorieren oder reagieren? Was würde er zu hören bekommen, wenn er sie fragte? Was wollte er hören? Und schließlich: Was würde eine Frage möglicherweise alles auslösen?

Reinhards Hände wanderten jetzt wieder höher und erreichten Claudias Schultern, er lehnte seine Stirn gegen ihre und fragte. »Na, was gibt's denn heute bei dir Gutes?« Statt einer Antwort zog sie ihn in die Küche, wo der Tisch für zwei gedeckt war. Er griff nach der geöffneten Rotweinflasche, füllte die beiden auf dem Tisch stehenden Gläser und reichte ihr eines davon.

Während des Essens, Claudia hatte ein paar italienische Vorspeisen und etwas Brot besorgt, sagte sie ganz nebenbei: »Klaus hat mich gestern besucht. Er hatte hier in der Nähe zu tun. Der Schussel hat seinen Hut vergessen.«

»Ach ja?« Reinhard bemühte sich, uninteressiert zu klingen. Er wusste, dass Klaus Claudias Exfreund war. Sie hatte einmal erzählt, dass sie sich vor fast einem Jahr getrennt hätten, und ihm sogar ein Bild gezeigt, eine Gruppenaufnahme, auf der sie mit Klaus zwischen anderen zu sehen war. Wenn Claudia so unbefangen und nebenbei davon sprach, dass Klaus hier war, hatte es bestimmt nichts weiter zu bedeuten. Oder rechnete sie damit, dass Reinhard den Hut gesehen hatte oder früher oder später sehen würde und gab der Sache jetzt, dadurch, dass sie einer Frage zuvorkam, einen harmlosen Anstrich?

Er wusste von ihr, dass Klaus noch immer in Hamburg wohnte, was immerhin einige hundert Kilometer von hier entfernt war. Wenn er gestern hier war, hatte er vielleicht bei ihr übernachtet? Es gab nur ein Bett in Claudias kleiner Wohnung. Sollte da vielleicht erneut etwas aufgeflammt sein? Aber eigentlich konnte er sich das nicht vorstellen. Claudia liebte ihn, da war er sich ganz sicher.

Als sie später ins Schlafzimmer gingen, bemerkte er, dass das Bett frisch bezogen war. Das war sonst nicht jedes Mal so, wenn er kam. – Wenn da nun doch etwas gewesen war? Er wurde wieder unsicher. – Aber als dann ihre nackten Körper aufeinander trafen, blieb dazwischen kein Platz mehr für irgendwelche Zweifel.

Die Zweifel kamen wieder, nachdem sie sich voneinander gelöst hatten und entspannt nebeneinander lagen. Reinhard strich gedankenverloren mit der Hand Claudias Rücken entlang, wobei sie wohlig brummte. Sie kam ihm vor, wie eine Katze, die zufrieden ist, wenn sie gekrault wird, und der es im Grunde egal ist, wer sie gerade krault. Er musste daran denken, dass es ziemlich leicht gewesen war, mit ihr anzubandeln. Es schien ihm jetzt, als ob sie nur darauf gewartet hätte, dass jemand sich ein bisschen um sie bemühte und dass es wahrscheinlich jedem gelungen wäre, bei ihr zu landen.

Als Claudias regelmäßige Atemzüge ihm schließlich verrieten, dass sie eingeschlafen war, stand Reinhard vorsichtig, damit sie nicht wach wurde, auf und breitete die Decke über sie. Er ging erst ins Bad, zog sich dann an und trat, bevor er die Wohnung verließ, noch einmal ans Bett, beugte sich über die Schlafende und küsste sie vorsichtig auf die Stirn.

Weil es schon spät war, fuhr er den Wagen nicht in die Garage, als er nach Hause kam – das Öffnen des Tors machte ein ziemlich lautes Geräusch –, sondern parkte ihn in der Einfahrt. Im Wohnzimmer fand er Ilse schlafend vor dem laufenden Fernseher. Er schaltete das Gerät aus, worauf sie wach wurde und den Kopf hob. »Bist aber wieder spät«, sagte sie noch etwas schlaftrunken. »Ist halt viel los im Moment bei uns«, erwiderte er. »Warum bist du denn nicht ins Bett gegangen?« Sie rieb sich die Augen. »Ach, ich bin einfach so eingeschlafen«, stand, noch etwas unsicher, auf und reckte sich. Als beide wenig später nebeneinander im Bett lagen, fasste Reinhard nach Ilses Hand. Sie sah erstaunt zu ihm herüber, zog die Hand zurück, drehte sich auf die Seite, sagte »Schlaf gut!« und knipste das Licht aus.

*

Am anderen Tag musste er immer wieder an den Hut und an Claudia denken. Er malte sich aus, was zwischen ihr und Klaus gewesen sein könnte, fragte sich, wie oft sie schon Besuch von ihm oder gar von anderen gehabt hatte, seit Reinhard zu ihr kam, ohne dass davon ein so offensichtliches Zeichen wie dieser verdammte Borsalino zurückgeblieben war?

Dann wieder beruhigte er sich und dachte daran, dass Claudia ihm immer wieder Zeichen ihrer Zuneigung und Anhänglichkeit gab. War es nicht erst neulich gewesen, dass sie wieder einmal, und nicht ungeschickt, wie er zugeben musste, versucht hatte, das Gespräch darauf zu

bringen, wie es denn nun mit ihrer Beziehung weitergehen werde, womit sie natürlich auf seine Ehe angespielt
hatte. Er war nicht darauf eingegangen und hatte schnell
von etwas anderem gesprochen. Meinte sie etwa, er sollte
alles hinter sich lassen und mit ihr zusammen ein neues
Nest bauen? Das könnte er Ilse und den Kindern niemals
antun! Und außerdem: Die Hypotheken für das alte Nest
waren noch lange nicht bezahlt. Da hatte Claudia, bei aller Liebe, keine Ahnung, was an so einer Trennung alles
dranhängt.

So schwankte er den ganzen Tag hin und her. Mal sagte er sich, dass alle seine Verdächtigungen grundlos und
die Sache mit dem Hut harmloser seien, als sie vielleicht
ausgesehen hätten, mal nährten seine Gedanken die giftige
Pflanze Eifersucht, die in ihm wuchs und die anstatt Blätter immer neue Hüte hervorbrachte.

Als es auf den Feierabend zuging, musste Reinhard daran denken, wie er Ilse gestern abend zusammengekauert
und schlafend auf dem Sofa gefunden hatte, und ein war-
mes Gefühl für sie überkam ihn. Wie wäre es denn, dachte
er, wenn er sie heute einmal damit überraschte, dass er früh
nach Hause käme. Er war die letzten Wochen kaum jemals
vor acht zu Hause gewesen. Entweder hatte er noch ein,
zwei Stunden drangehängt, weil wirklich viel zu tun war,
oder er war zu Claudia gefahren. Die Kinder waren im
Landschulheim, und er könnte sich mit Ilse einen schönen
Abend zu zweit machen, das hatten sie seit Ewigkeiten
nicht getan. Er sah auf die Uhr. Zehn vor vier. Eigentlich
könnte er jetzt Schluss machen, einmal musste das doch

auch möglich sein, beruhigte er sich, sagte der Sekrtärin Bescheid, und verließ die Firma.

Wie am Abend zuvor ließ er den Wagen in der Einfahrt stehen. Vielleicht könnten sie ja gleich zusammen irgendwohin zum Essen fahren. Er drückte auf den Klingelknopf, obwohl er den Schlüsselbund noch in der Hand hielt, und freute sich auf Ilses erstauntes Gesicht, wenn sie sehen würde, dass er es war. Als sich nach einer Weile nichts rührte, klingelte er ein zweites Mal, und als auch dann noch alles ruhig blieb, schloss er die Haustür auf.

Nachdem er sie wieder hinter sich geschlossen hatte und ein paar Schritte in den Flur hineingegangen war, öffnete sich die Schlafzimmertür, und Ilse stand vor ihm. Sie war im Morgenmantel, und ihre Frisur sah zerdrückt aus. Auf ihrem Gesicht lag nicht der Ausdruck freudigen Erstaunens, den er sich ausgemalt hatte. Sie sah ihn mit blankem Entsetzen an, während sie ein langgezogenes fragendes »Duu?« ausstieß. Er schob sie beiseite und betrat das Schlafzimmer, wo ein Mann gerade versuchte, in seine Hose zu steigen, aber vor lauter Hast nicht das richtige Bein fand.

In diesem Augenblick stand Reinhard mitten zwischen den fallenden Mauern einer Welt, die seine Welt gewesen war. Gewissheiten zerschellten, und Illusionen wurden zu Staub. Mit den Mauern fielen auch die sorgsam an sie angeklebten Fassaden. Er hatte das Gefühl, dass ihm sein ganzes bisheriges Leben um die Ohren flog.

Er drehte sich um, ging an Ilse vorbei, ohne sie zu sehen, stieg die Treppe hinauf in sein Arbeitszimmer und setzte sich in den Ledersessel vor den kaum benutzten

Schreibtisch. Als er wenig später die Haustür ins Schloss fallen hörte, dachte er an den Mann, der sein Hosenbein nicht hatte finden können, und lächelte bitter. In seiner persönlichen Tragödie, seinem tragischen Sturz, gab es Szenen wie in einem Boulevardstück.

Reinhard holte den Cognac aus dem Schrank und trank direkt aus der Flasche. Dann saß er lange, den Kopf in die Hände gestützt, im Sessel und stierte vor sich hin. Irgendwann sank sein Kopf auf die Schreibunterlage, und er schlief ein.

Als er aus seinem unruhigen Schlaf erwachte, nahm er ein Traumbild daraus mit: eine unübersehbare Schar von Männern mit Hüten, die mit grotesken Verrenkungen versuchten, sich die Hosen anzuziehen. Er rieb sich die Augen und sah auf die Uhr, es war jetzt fast zehn. Er begann im Zimmer auf und ab zu gehen. Nach einer Weile verließ er den Raum und machte einen Rundgang durchs Haus, wie um sich zu vergewissern, dass alles noch an seinem Platz war.

Er hatte vorhin, ehe er eingeschlafen war, das Geräusch der zuschlagenden Haustür gehört, wusste nicht, ob Ilse mit ihrem Liebhaber zusammen das Haus verlassen hatte, ob sie noch da war, und wenn ja, ob sie noch wach war. Er hätte jetzt gerne mit ihr gesprochen und blieb zögernd vor der Schlafzimmertür stehen. Dann drückte er die Klinke herunter und öffnete vorsichtig die Tür. Ilse war im Bett und schlief. Sie lag mit rosigen Wangen und zufriedenem Gesichtsausdruck auf der Seite. Ab und zu spitzten sich ihre Lippen, und während kleine Speichelbläschen zerplatzten, erklang ein leises Plop. Eigentlich, sind sie alle gleich, dachte Reinhard jetzt. Wenn man es ihnen besorgt hat, schlafen sie selig ein wie Babys, die gefüttert und trockengelegt worden sind.

*

Am nächsten Tag hatte Reinhard weder Lust, Claudia anzurufen und sich mit ihr zu verabreden, noch nach Büroschluss gleich nach Hause zu fahren. Er schaute auf dem Nachhauseweg »Bei Manni« rein, sah, dass Fred und Uwe an der Theke standen und stellte sich dazu. Manni zapfte Pils, die anderen tranken, man sprach über alles und gar nichts, und Reinhard merkte beim dritten Bier, dass er das erste Mal seit zwei Tagen nicht unentwegt an Claudia oder an Ilse denken musste, sondern dass sich allmählich eine angenehme Leere in seinem Kopf ausbreitete, in der die Gespräche der Männer träge hin und her schwappten.

Irgendwann war Alex hereingekommen, hatte sich dazugestellt und erzählt, dass Jörg »eine Neue« habe. »Ich bin den beiden gestern ganz zufällig über den Weg gelaufen«, sagte er. »Ich weiß ja nicht, wie er das immer anstellt, aber da hat er mal wieder eine richtig tolle Frau erwischt.«

Reinhard unterbrach ihn heftig: »Ach, hör mir bloß mit Frauen auf!«

Alle blickten ihn erstaunt an, und Manni, der hinter der Theke hantierte, meinte beschwichtigend: »Na, na, so schlimm isses ja auch wieder nich. Die meisten sind doch ganz nett.«

Reinhard griff nach seinem Glas, trank aber nicht und sprach wie zu sich selbst: »Aber ›ganz nett‹ genügt eben nich.« Dann sah er von einem zum anderen, bis sein Blick schließlich an Manni hängenblieb, schwenkte sein Bier mit einer Geste, die großartig ansetzte, aber dann doch in einem unsicheren Schlingern auslief, und sagte: »'ch will dir ma was über die Frauen erzähln, mein Lieber: Man kann sich einfach nich auf sie verlassen!«

Wie der Fuchs dem Hasen
»Gute Nacht!« sagte

Der Fuchs hatte gestern Nacht auf einem Hof – nein, keine Gans – sondern einen Truthahn gestohlen. So ein Truthahn ist ein ziemlich großer Vogel, eine Fuchsfamilie kann davon schon ein paar Tage leben. Der Fuchs brauchte also heute nicht auf die Jagd zu gehen, nahm sich den Abend frei und spazierte in der Dämmerung gut gelaunt in Richtung Waldrand, um dort in der Kneipe mit dem Wolf und dem Dachs ein paar Biere zu trinken, von seinen Heldentaten zu erzählen und sich die Heldentaten von Wolf und Dachs anzuhören.

Unterwegs begegnete er dem Hasen. Der wollte, als er den Fuchs sah, gleich hakenschlagend über die Wiese davonlaufen, aber der Fuchs, der ein Stück Truthahn zuviel gegessen hatte, sah nur kurz zu ihm hin, sagte: »Hallo, Hase!« und dann noch »Gute Nacht, Hase!« und lief weiter, ohne sich noch einmal umzudrehen.

Da war der Hase sehr erschrocken, rannte nach Hause und erzählte seiner Frau: »Du, ich habe den Fuchs getroffen, und stell dir vor, er hat mich gegrüßt und ›Gute Nacht, Hase!‹ zu mir gesagt. Dann ist er einfach weitergegangen.« Da wurde es auch der Frau des Hasen unheimlich zumute, und sie überlegte: »So, so, ›Gute Nacht, Hase!‹ hat er zu dir gesagt. Wenn das mal keine Drohung war! Es würde mich nicht wundern, wenn er heute Nacht etwas im Schilde führte.«

Und anstatt schlafen zu gehen, rätselten der Hase und seine Frau, wie das »Gute Nacht, Hase!« wohl gemeint gewesen sei, welche List sich der Fuchs wohl ausgedacht habe und was sie dagegen tun könnten. So redeten die beiden sich immer tiefer in ihre Angst hinein, taten die ganze Nacht kein Auge zu und saßen noch zitternd und verstört im Gras, als das erste Morgenlicht schon auf den Klee der Wiese fiel.

Editorische Notizen

Albert (S. 111) erschien zuerst in: Marco Frohberger (Hrsg.): *Schöner fremder Himmel. Texte zum Antho? – Logisch! Literaturpreis 2013*. Berlin: Edition Karo Literaturverlag, 2013.

Auf dem Seil (S. 92) erschien zuerst in: *Macondo. Die Lust am Lesen. Edition Drei,* Januar 2000. Bochum: Verlag im Laerfeld.

Die Wahrheit über Rotkäppchen (S. 85) erschien zuerst in: *Reine Glaubenssachen. Gedichte und Geschichten von Mitgliedern des Autorenkreises Rhein-Erft.* Herausgegeben von Evert Everts und Karl Rovers. Köln: Gaasterland Verlag, 2013.

Alle anderen Texte sind Erstdrucke.

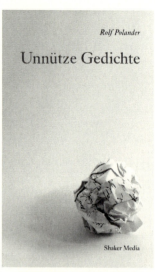

Rolf Polander

Unnütze Gedichte

Shaker Media

ISBN 978-3-95631-241-0

Rolf Polanders *Unnütze Gedichte* sprechen in eingängigen Versen und oft mit einem Augenzwinkern von dem, was passiert, von dem, was passieren könnte und vom Unmöglichen, das im Gedicht möglich werden kann. Sie sind Ergebnisse eines Spiels mit Wörtern und ihren Bedeutungen. Aber Vorsicht! Die Bedeutungen der Wörter können sich im Gedicht umkehren, der Sinn, den man glaubte, erkannt zu haben, wird auf den Kopf gestellt oder hat sich gar davongemacht – denn manchmal drehen die Wörter dem Leser eine Nase.

www.shaker-media.de

Rolf Polander

In Versen verzettelt

77 Gedichte

Shaker Media

ISBN 978-3-95631-402-5

In diesem Gedichtband Rolf Polanders gibt es Gereimtes und Ungereimtes, Sprachspielereien, Fantastisches und auch »Kunststücke«, Gedichte, die sich selbst zum Thema haben. Nach *Unnütze Gedichte* gewährt *In Versen verzettelt* einen weiteren Blick in die Vers- und Denkwelt eines Autors, in dessen Gedichten – skurrilen Gleichnissen und hintersinnigen Spekulationen – man immer wieder das Vergnügen spürt, dem verbissenen Ernst und den Wichtigkeiten dieser Welt ein paar Verse zwischen die Beine zu werfen.

www.shaker-media.de